www.tredition.de

AF202518

Von Eva Berberich sind bisher sieben Bücher als dtv- Großdruck im Deutschen Taschenbuch Verlag erschienen, außerdem mehrere Bücher im Rombachverlag, im Koreverlag, im Verlag Tredition sowie Erzählungen unter anderem bei Piper, im Insel-Verlag, in Literaturzeitschriften, Anthologien und im Südwestfunk.

Die Autorin lebt mit Katze und Ehemann, dem Schriftsteller Armin Ayren, im Hochschwarzwald. Mit heiteren und tiefsinnigen Geschichten hat sie sich in die Herzen zahlloser Leser geschrieben.

Eva Berberich

Kater, wir kommen! Zieht euch warm an!

Komödie in drei Teilen mit heiteren,
ergreifenden, hochpoetischen
Gesangseinlagen
und wilden Bildern von Valerie Nyre

© 2019 Eva Berberich
Umschlag, Illustration: Valerie Nyre

ISBN
Paperback   978-3-7497-5412-0
Hardcover   978-3-7497-5413-7
e-Book   978-3-7497-5414-4

Verlag & Druck: tredition GmbH,

Halenreie 40-44, 22359 Hamburg

für Monika,

obwohl die einen Hund hat!

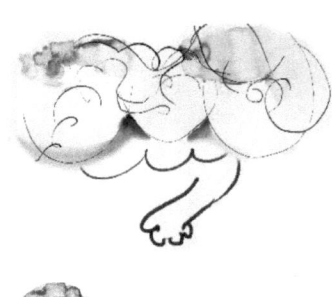

"O Herr, schmeiß Hirn ra!"

flehen wir mit dem schwäbischen Mundartdichter
Gerhard Raff

Katersprech

Die Katze schweige in der Gemeinde. *(Pauluskater, 1.Jahrhundert)*

Es entspricht der natürlichen Ordnung, dass Katzen den Katern dienen. *(Augustinuskater, 5.Jahrhundert)*

Nichts Schändlicheres gibt es als die Katze. *(Anselmkater von Canterbury, um das Jahr 1000)*

Die Katze ist Lockspeise des Satans, Auswurf des Paradieses, Quelle der Sünde, Anlass des Verderbens. *(Damian, Kirchenkaterlehrer, um das Jahr 1000)*

Die Katze verhält sich zum Kater wie das Unvollkommene zum Vollkommenen. *(Thomaskater, 13. Jahrhundert)*

Die Katze soll dem Kater untertan sein und ihm gehorchen. *(Heiliger Katervater Leo, um 1900)*

Heilige Kateräter haben keine Vollmacht vom Großen Gotteskater, Katzen das gleiche Recht zu geben wie dem Kater. *(Heiliger Katervater Benedikt, 21. Jahrhundert)*

Katzen können nicht geweiht werden. Und dabei bleibt es. *(Heiliger Katervater Franziskus, 21. Jahrhundert).*

Wer?

Gottkater höchstselbst

Der Heilige Katervater, Gottkaters irdischer Vertreter

Der Oberste Glaubenskater

Der Katzenbeauftragte

Besonders würdige, sowie ein paar weniger würdige Kater

Tapfere Schweizerkater

Gute Katzen

Böse Katzen

Wo?

In einer weltberühmten Heiligen Halle der ewigen, von Katzen bevölkerten Stadt Rom, sowie auf einem sehr hohen Baum

Wann?

Jetzt

Warum?

Weil's höchste Zeit ist

Der Komödie erster Teil:

Erschröcklicher Bericht vom bevorstehenden Ende der Welt, wer dran schuld ist und einige interessante Vorschläge, wie man die Welt vielleicht noch retten könnte. Wildes ‚Chatzegschrei' (Schwyzerdütsch: Katzengeschrei). Von der Würde des Katers

„Geliebte Brüder, seid ihr alle da?"
„Ja, wir sind alle, alle da."

Das vom Heiligen Katervater einberufene Treffen der wichtigsten Würden- und Schwanzträger findet in dem hochberühmten Versammlungsraum statt, in dem Michelkater, einer der genialsten Katerkünstler seiner Zeit, auf dem Buckel liegend, die Schöpfungsgeschichte an die Decke gekratzt hat:

Der große Katergott braust, im Schlepptau sein Gefolge von neugierig dreinblickenden Katzengeln, mächtig heran. Frisch aus Lehm gebacken ist das allererste Paar, beglückt maunzt der Kater, froh schnurrt die Katz.

Michelkater musste sich für seine Schöpfung viele Jahre abrackern, dann waren Krallen und Buckel hin. Doch er sah, dass sie gut war. Das sehen auch heute noch alle, die, den Kopf in den Nacken gelegt, nach oben starrend, das monumentalste Werk bewundern, das je in eine Decke gekratzt wurde.

Der göttliche Künstler schaffte seins lässig in sechs Tagen, und auch Er fand es sehr gelungen.

Schauen wir wieder nach unten. Der Heilige Katervater thront etwas erhöht in seinem besonders prächtig mit Troddeln, Bändern und Bommeln geschmückten Körbchen. (Rasse: Heilige Birma, Langhaar, hat gern seine Ruh, muss täglich gebürstet werden.) Auf den Hinterkeulen sitzend, hat er die Pfoten nebeneinandergestellt, den Schwanz ordentlich um sich herumgelegt, wirkt ehrfurchtgebietend und guckt etwas melancholisch. So guckt er aber immer, hat er's doch nicht leicht. Das jungfräulich reinweiße, schon etwas schüttere Fell glänzt, er hat es sorgfältig geschleckt, jedes Härchen geglättet, die Krallen geputzt, wie es die Würde des allerhöchsten Amtes verlangt.

Man hält auf bellezza und grandezza. Als irdischer Stellvertreter des Großen Katergottes glaubt man, sich das schuldig zu sein.

Ihn umringen tapfere, prächtig beschnurrbartete, bunt herausgeputzte, in der Jugendblüte stehende Schweizerkater (Rasse: stämmiges Kurzhaar, robust, Kämpfernatur), aufgezogen mit guter Schweizer Milch, Fettgehalt mindestens 5 %, von auf grünen Bergmatten grasenden, glücklich bimmelbammelnden Kühen, allzeit bereit, ihr Leben für den Heiligen Katervater hinzugeben, sollte es denn unbedingt nötig sein. Was schön von ihnen ist, und wir bewundern es auch, aber es wär doch arg schad, sie sehen so adrett aus, sie sprechen so lustig, und die gute alte Zeit, in der man unliebsamen Heiligen Katervätern einfach den Garaus machte, ist längst vorbei.

Oben also der Heilige, unten sitzen die nicht so heilig, aber ziemlich ehrwürdigen, würdigen und noch nicht ganz würdigen Kater. Ihre mit Namensschildchen geschmückten Körbchen sind weniger prunkvoll und weniger weich gepolstert. Farben, ebenso Anzahl wie Größe der Bommel zeigen Anciennität, Rang und Bedeutung der Körbchenbesitzer. Die prominenteren Katerkörbchen in den vorderen Reihen sind lila (sechs Bommel), dann kommen rote (fünf Bommel), orangefarbene (vier Bommel), schließlich gelbe, grüne, blaue, mit je drei, zwei und einem Bommelchen. Weiter hinten gibt's keine Bommel mehr, nur noch mausgraue bommellose oder unbebommelte Körbchen. Ganz hinten nur noch Steh- beziehungsweise Sitzplätze auf kalten Marmorfliesen, wo man sich leicht was holt, einen Katerschnupfen oder eine verkühlte Blase. Ein paar niederrangige, noch nicht körbchenwürdige Kater hocken in Blumentöpfen, auf Fenstersimsen oder kauern in einer Ecke und haben Anweisung, möglichst die Schnauze zu halten.

Die meisten Körbcheninhaber sind in die Jahre gekommen, angenagt vom Zahn der Zeit: zerfranste Ohren, trübe Augen, fehlende Reißzähne, und mit dem Pinkeln geht's auch nicht mehr so gut.

Der große alte Kater-Inquisitor (stark haarend, Ohren mit Büscheln, hinter vorgehaltener Pfote etwas respektlos auch ‚Oberster Glaubenskater' genannt), sieht noch ehrfurchtgebietender aus als der Heilige Katervater. Er, der mit aller gebotenen

Strenge darauf zu achten hat, dass keiner der ihm Anvertrauten unordentliche Gedanken denkt, lästige Fragen stellt und glaubensmäßig aus der Reihe tanzt, beginnt soeben seine mit Spannung erwartete Ansprache. Ist er doch berüchtigt für krallenscharfe Rhetorik, kühne Formulierungen und fast unwiderlegbare Argumente. Er gilt als Fachkater für die ehrwürdigen heiligen Überväterkäter Thomas (sein Geburtskörbchen stand im sizilianischen Aquin), und Augustinus (seins in Nordafrika), die er in- und auswendig kennt, gescheit kommentiert und bei jeder Gelegenheit zitiert. Heute prophezeit er Düsteres.

„Meine Brüder" - die etwas brüchige Stimme zittert vor Alter, Zorn und Erregung -, „die Situation ist da, es rollt die Lawine, das Fass läuft über, voll ist das Maß."

Da werden die ehrwürdigen, würdigen und noch nicht ganz so würdigen Kater unruhig. Dass irgendwas in der Luft liegt, man hat's geahnt, gefühlt, gemunkelt und sich's fast gedacht. Aber rollende Lawinen und überlaufende Fässer - das klingt nicht gut.

Der Oberste Glaubenskater deutet mit der Pfote zum Fenster, in Richtung urbi et orbi. Die Welt, sagt er mit umwölkter Stimme, sei ...

Da werden die Kater ganz aufgeregt. Was ist los mit der Welt? Geht's ihr nicht gut? Hat sie Kummer? Mag sie nicht mehr?

Aus den Fugen sei sie. Am Horizont drohe nichts Geringeres als ihr Untergang.

Da werden die Kater ganz traurig. Aus den Fugen sein und dann auch noch untergehen - das ist doch arg, das hätten sie nicht von der Welt gedacht. Warum tut sie ihnen das an?

Er spreche bestimmt vom Jüngsten Gericht, raunen ein paar Kater einander zu. Dass es, Gottkater sei's geklagt, irgendwann hereinbrechen werde, man weiß es ja, aber muss es denn schon jetzt sein? So ein Weltuntergang hat etwas eminent Störendes, der versaut einem alles, wo man doch noch einiges vorhat ...

Der Untergang einer Welt, wie man sie kenne und liebe, fährt der Oberste Glaubenskater fort, und die man erhalten wolle, erhalten müsse und erhalten werde für künftige Generationen.

Allgemeiner großer Aufschnauf. Also kein Jüngstes Gericht, keine apokalyptische Katastrophe, kein gestrenger Großer Katergott, der auf den Wolken des Himmels heranbrausen und ihnen den Marsch blasen wird. Man ist noch einmal davongekommen. Wenigstens vorläufig.

Der Redner berichtigt sich: Mit ,Generationen' meine er natürlich: künftige Katergenerationen.

Da trommeln die Kater - man hört Steine von erleichterten Herzen rollen - zustimmend mit den Pfoten auf den Körbchenrand.

Diese großartige Welt müsse erhalten werden gegen den Widerstand derer, die ihren Untergang herbeiwünschten, die sich frech anschickten, ehrwürdige, in Jahrhunderten gewachsene Strukturen gewaltsam aufzulösen und die Grenzen des ihnen Erlaubten zu überschreiten. „Sie proben den Aufstand. Gegen uns! Geliebte Brüder, ich meine ...“

Seine Blicke schweifen über die geliebten Brüder, die in atemloser Spannung im Körbchen hockend die Hälse lang machen und - die älteren - ihre Pfoten hinter die Ohren halten, um auch alles mitzukriegen. Dann lässt er sie aus dem Sack:

„Die Katzen.“

Da werden die Kater ganz aufgeregt. Sie maunzen und raunzen durcheinander, Augen glühen, Schnurrbarthaare zittern, Schwanzspitzen geraten in Bewegung. Sind sie doch von Natur aus weder willens noch fähig sich vorzustellen, jemand könnte an so vollkommenen Geschöpfen, wie es Kater nun mal sind, nicht nur herumkritisieren, sondern sich auch ganz offen gegen sie empören und sogar zur verwerflichen Tat schreiten.

Nur einer (Balinese, Halblanghaar, sehr elegant und feinfühlig) duckt sich, ganz und gar schuldbewusst, in sein Körbchen: der Katzenbeauftragte. Ja, so einen gibt's. Er wurde dazu ernannt seines Charmes wegen, um bei den Katzen gut Wetter zu machen, sie bei der Stange zu halten, und weil man ja ein bisschen mit der Zeit gehen muss. Er hofiert sie, tut ihnen schön, sagt ihnen Artig- und Nettigkeiten, macht gelegentlich sogar ein paar humorvolle, dezent katerkritische Bemerkungen, gibt ihnen Streicheleinheiten, nicht mit den Pfoten natürlich, nur mit Wörtern. Damit sie nicht auf dumme Gedanken kommen. Er hat drei Standardsätze, die schmiert er ihnen bei jeder Gelegenheit ums Maul, und die braven guten Katzen schlecken sich dankbar die Schnauze.

Satz eins: „Katzen sind etwas Wunderbares!"

Satz zwei: „Schade, dass ich keine Katze bin. Bei mir hat's halt nur zum Kater gereicht."

Satz drei: „Ohne euch, meine Lieben, flöge der Laden hier auseinander."

Satz eins und Satz drei sind wahr, Satz zwei ist gelogen.

Doch jetzt - sieht aus, als habe er seinen Charme umsonst versprüht. Denn ganz offensichtlich sind die, um die zu kümmern, und die zu bezirzen seine Aufgabe ist, doch auf sehr dumme Gedanken gekommen. Oder sind seine Katzen die falschen Katzen?

Der Oberste Glaubenskater weiter: „Ja, ich rede von den Katzen, diesen Wurzeln allen Übels, diesen Rätseln voll Eigensinn, Unvernunft, Bockigkeit Schamlosigkeit und Respektosigkeit."

Zwischenruf aus dem Mittelfeld (Exotisch Kurzhaar, aggressiv, vier Bommel): „Ich hab's ja schon immer gesagt: Außen hui, und innen pfui!"

Da werden die Kater furchtbar böse. „Ja, genau!" brüllen sie, ihre Haare sträuben sich, sie buckeln, zischen, ziehen die Pupillen zu schmalen Schlitzen zusammen, was ungemein bedrohlich wirkt. „Innen pfui, außen hui! So sind die!" Dazu eindrucksvolles, heftiges Schwanzpeitschen.

Nur ein alter, hochgebildeter Kater - solche wie ihn gibt es beklagenswerterweise immer weniger, man müsste sie unter Artenschutz stellen, geht doch auch in gehobeneren Katerkreisen die Bildung immer mehr den Bach hinunter -, dieser Kater also grummelt vor sich hin, drei Wörter hintereinander mit ‚keit' sei schlechter Stil, davon kriege er Bauchweh.

Der Katzenbeauftragte hat genug, mag nichts mehr hören und klappt die Ohren zu. Er wird von einer überwältigenden Müdigkeit überfallen, vergisst seine guten Manieren, gähnt, ohne sich die Pfote vorzuhalten und taucht unter.

Wie weit es schon gekommen, wie brisant die Lage sei, so der Oberste Glaubenskater, könne man daran sehen, dass erst vor kurzem eine Katze, schwarz, wild, ungezügeltes Temperament, zugegeben mit geläufiger Gurgel - es handle sich um die nicht unberühmte Ceciliakatze -, in diesen Heilgen Hallen es gewagt habe, den großen Katergott mit sanftgurrenden Lauten zu umgarnen und ihm mit an- und abschwellendem Gesang ein Liedchen zu trällern. Wo doch schon der heilige Bonifatiuskater gefordert hatte, diesen Geschöpfen den Gesang an geweihten Orten zu verwehren.

Da flippen die Kater aus. „Eine Katze! In diesen Räumen! Unfassbar! Blasphemie!" Augenrollen, glühwütige Blicke, empörtes Fauchen und wildes

Pfotengefuchtel, sowie die Forderung, der Raum müsse ausgeräuchert und neu geweiht werden.

Da sehe man es mal wieder, so der Oberste Glaubenskater, wie recht der große Thomaskater habe, wenn er sage, dass bei der Zeugung einer Katze die Qualität des Samens zu wünschen übrig lasse; auch bewirkten ungünstige Böen und schwüle Südwinde, dass nichts Gutes, Katergottgefälliges, und erst recht Katergefälliges dabei herauskommen könne. Der berühmte Freudkater spreche davon, dass geistige Entwicklung Katersache sei, die Katze, als Trieb- und Gefühlswesen dazu eher nicht imstande, und dass sie sogar den Kater an geistigen Höhenflügen behindere und zu sich herabziehe.

Beifälliges Maunzen der allein zu geistigen Höhenflügen befähigten Kater.

Eine Ansicht, von der Freudkater - auf Grund massiver Bedrohung durch gewalttätige Katzen - später leider wieder abgerückt sei. Wider besseres Wissen natürlich.

Wütendes Peitschen aller versammelten Katerschwänze mit Ausnahme des von der Insel Man stammenden Manxkaters. (Sprich Mänxkater).

Dieser, so erfahren wir von dem schon erwähnten alten gebildeten Kater, hat seinen Schwanz verloren, weil er gerade noch in die rettende Arche flüchten konnte, als die Sintflut heranrollte. Weshalb Noah die Tür so schnell zuknallte, dass er versehentlich den schönen buschigen Schwanz dabei abtrennte, den ein hungriger weißer Wal verschluckte - vermutlich derselbe Gierschlund, in dessen geräumigem Magen später Jonaskater drei Tage lang ausharren musste -, und noch viel später, weiße Wale sind ungemein langlebig, das rechte Bein, kann sein auch das linke eines finsteren Kapitäns mit Namen Ahab, der nun mit einem Holzbein herumhumpelte, was er Moby Dick, so der Name des verfressenen Wals, blutig heimzahlte.

Der bis auf einen unbedeutenden Stummel wegge Schwanz also wurde zum Erbteil dieser bedauernswerten Manxkater, was etwas unglücklich ausgedrückt ist, denn was weg ist, kann man ja nicht vererben. Doch wenn die anderen mit ihren Schwänzen peitschen, peitscht er, obwohl nur noch über einen Phantomschwanz verfügend, und einen rauen, schwer verständlichen Dialekt sprechend (das Manx), solidarisch mit.

Indessen wird auch behauptet, das mit dem abgeklemmten Schwanz sei gar nicht wahr, der Manxkater sei das Ergebnis der Paarung zwischen einer Katze und einem Hasen, was sowohl die Hasen als auch die Katzen der Insel Man empört bestreiten.

Dies aber nur am Rande und zur Belehrung der interessierten Leserin, selbstverständlich auch des hoffentlich nicht weniger interessierten Lesers.

Der Oberste Glaubenskater, der geduldig gewartet hat, bis der Manx-Kater erklärt ist, fährt fort:

Übrigens sei der nicht minder große heilige Augustinuskater der Meinung, die Katze stelle im Grunde eine Behelligung des Katers dar - wofür sie gut sei, wisse er eigentlich gar nicht -, sie sei wohl nur geschaffen worden, die Lüste des Katers zu befriedigen und ihm Nachkommen zu gebären.

Das Interesse der würdigen Versammlung an diesem etwas heiklen Thema nimmt spürbar zu.

Was dies angehe - Befriedigung der Lüste -, sei Augustinuskater ja selbst mit gutem Beispiel vorangegangen, aber dann habe er, geläutert und erleuchtet, seine kätzische Gespielin samt dem gemeinsamen Kätzchen in die Wüste geschickt, sich für den Rest seines Lebens dieser Gelüste wegen bitterlich geschämt, sie zutiefst bereut, bebüßt, und sich für sie beim Großen Katergott entschuldigt.

Die Kater senken die Köpfe und gehen ein bisschen in sich. Wäre es ratsam, es dem großen Augustinuskater gleichzutun, sich zu zerknirschen, zu schämen, zu entschuldigen und zu bereuen?

Nein, beruhigt sie der Oberste Glaubenskater, das sei ganz und gar unnötig, denn für diese sündigen Gelüste könnten weder Augustinuskater etwas, noch alle anderen rechtschaffenen Kater.

Die rechtschaffenen Kater sehen das erleichtert auch so und bestätigen es durch zustimmendes Schwanzklopfen.

Denn besagte Gelüste, erklärt der Oberste Glaubenskater, verdanke man nach dem gelehrten

Augustinuskater jener fiesen Evakatze, die einst im Paradies den armen unschuldigen Adamkater gegen dessen Willen verführt habe, Übles zu tun. Seither werde diese Sünde durch jenen gewissen, leider halt unvermeidlichen Akt - „ihr versteht schon, was ich meine, geliebte Brüder" - von einer Generation an die folgende weiter vererbt, weshalb man sie ‚Erbsünde' nenne.

Allgemeines brüderliches Verstehen. Der gewisse Akt erfreut sich großer Beliebtheit.

Und der weise, aus Alexandria stammende Clemenskater schreibe, bei der Katze müsste schon das Bewusstsein vom eigenen minderwertigen Wesen Scham hervorrufen. Wobei bedauerlicherweise immer mehr Katzen nicht dran dächten, sich ihrer Minderwertigkeit zu schämen, sondern es wagten, diese sogar zu bestreiten und den doch höherwertigen Kater als vermutlich weitaus minderwertiger zu bezeichnen - eine unverschämte, typisch kätzische Übertreibung.

Da werden die höherwertigen Kater sehr böse.

Ein Zwischenrufer (Russisch Blau, Fell plüschig, müsste öfters gebürstet werden, drei Bommel): „Und was sagt unser hochverehrter Pauluskater?"

Pauluskater sage nicht nur trefflich, sondern auch zutreffend: Wie der Kater des Großen Katergottes Abbild und Abglanz, so sei die Katze des Katers Abglanz.

Ein paar Kater gucken dumm, das mit dem Abglanz verstehen sie nicht. Weshalb ein alter, nie dummguckender distinguierter Kater (schottisches Faltohr, sechs Bommel) es ihnen erklärt.

„Das ist so, meine Brüder: Am meisten, hellsten und am großartigsten glänzt natürlich Gottkater. Etwas weniger glänzt der Gottkater nicht unähnliche Kater - also wir -, von dessen Glanz er in seiner Großzügigkeit der Katze etwas abgibt. Aber nur ein schwaches Glänzchen. Selber zu glänzen gehört sich nicht für die Katze, deren Wesen Uneitelkeit ist - zu sein hat. Und sie kriegt es auch gar nicht hin."

Zufriedenes Maunzen der versammelten glänzenden Kater, allesamt Abbilder des Großen Katergottes.

Zwischenruf: „Sie tun's aber trotzdem!" (Katerjüngling, kann nicht lang sitzen, rollt ständig hin und her). Er kenne da eine, die glänze ganz unbescheiden sogar in drei Farben, rot und weiß und schwarz, da komme keiner der geliebten Brüder mit, die brächten es, und nur ganz selten, auf höchstens zwei Farben.

Da sehe man es mal wieder. Typisch Katze. Nur eine einzige Farbe genüge ihr nicht, sie wolle in ihrer Raffgier immer mehr haben. (Alter Kater aus dem Lande Halbangora, drei Bommel, Atemprobleme wegen Plattnase).

Einer (Perser mit Löwenmähne, grimmig, fünf Bommel) verlangt, es sei wirklich allerhöchste Zeit, den Aufsässigen endlich die Instrumente zu zeigen.

„An welche Instrumente denkst du, Bruder?"

„An die Krallen."

Zwischenrufer (echt Angora, etwas verfilzt, zwei Bommel): Denen fehle es an Schärfe, die seien ziemlich abgewetzt und jagten keinem einzigen Gegner mehr Furcht und Schrecken ein, wie seinerzeit noch Galileikater, der den Schwanz eingezogen und gekuscht habe.

Was der Besitzer eines Dreibommelkörbchens (Burmese, zerkratzte Nase, triebhaft) bestätigt. Im Gegenteil, die, um die es hier und heute gehe, hätten ausgekuscht, wetzten jetzt schon selber die Krallen, und diese seien verdammt scharf, wie seine eigene Nase leidvoll habe erfahren müssen, wollte die Besitzerin dieser Krallen doch nicht so, wie er wollte. Dabei hatte er sie nur mit höflichem Nachdruck gebeten, sofort zu ihm ins Körbchen zu steigen, keine Zicken zu machen und ihn ein bisschen zu unterhalten. „Die hauen jetzt sogar!"

Da geraten die Kater außer Rand und Band. Ungeheuerlich! Katze haut Kater! Ja, wenn es ein ganz hundsgewöhnlicher Kater aus dem Kater-Fußvolk gewesen wäre! Pack schlägt sich, Pack verträgt sich. Aber sich an einem auserwählten, geweihten und also höherwertigen Kater zu vergreifen, dem glänzenden Ebenbild des noch glänzenderen Großen Gotteskaters -, schlimmer geht's nimmer!

Dass er sowas noch erleben müsse, seufzt einer aus der ersten Reihe. (Sechs Bommel, etwas tranfunzelig, leichter Wurmbefall). Da täten sich Abgründe auf!

Alle Kater, in die Abgründe sehend, erschauern über das, was sie dort in der Tiefe sehen, und das so schrecklich ist, dass man seine Beschreibung keinem sensiblen Leser zumuten kann.

Nur einer erschauert nicht: der Katzenbeauftragte. Sein Körbchennachbar stößt ihn mit der Pfote in die Rippen, er solle gefälligst nicht so laut schnarchen, das mache sich nicht gut, wenn es um kätzische Abgründe gehe.

Der gestrenge Oberste Glaubenskater hebt die Pfote. „Wie sagt dieser große Kater - ich komm gerade nicht auf den Namen, aber er war der allergrößten einer ..."

Kater Murr?

Nein, der nicht.

Kater Hiddigeigei? Oder Fritz the cat? Der Gestiefelte Kater?

Kater Timtetater mit den acht Pfoten - zwei rechts, zwei links, zwei vorne und zwei hinten -, was ja nicht jeder Kater vorweisen könne?

Die erst recht nicht, wobei Letzterer es pfotenmäßig nun doch etwas übertrieben habe. Dann fällt es ihm wieder ein. „Ich meine den großen Leonardokater aus Vinci. Die Augen, sagt dieser, sind die Spiegel der Seele. Der schönen, großen Seele. An wen, wenn nicht an Kater, wird er dabei gedacht haben? Sagt er doch auch: ‚Schon der kleinste Kater ist ein Meisterwerk!'"

Das sehen die hier versammelten großen Meisterwerke genauso. Aus glänzenden Augen gucken lauter tapfere, würdige und unvergleichliche Katerseelen.

„Stimmt ja gar nicht", ruft einer der etwas abseits in einem Blumentopf Hockenden, „er hat gesagt: ‚Schon die kleinste Katze ist ein Meisterwerk'."

Das sei, so der Oberste Glaubenskater, die von neidischen Katzen verbreitete Version des Zitats. Leonardokater habe selbstverständlich nur kleine Kater gemeint, denen er, wie man wisse, sehr zugetan gewesen sei. Und er verbitte sich derlei unangemessene, gewiss nicht hilfreiche Zwischenrufe, beim nächsten Mal gebe es einen Rausschmiss.

Der Zwischenrufer: Und er hat doch die Katze gemeint! Aber das sagt er nicht, das denkt er bloß.

Der Oberste Glaubenskater fährt fort: „Meine Brüder! Vergessen wir nie den Satz, der an erster Stelle in dem Gesetz steht, um das uns der Rest der Welt beneidet, den wir Kater uns und allen anderen

Geschöpfen gegeben haben, und" - er sieht streng in die Runde - „der da wie lautet?"

„Kater first!" brüllt einer begeistert. Und „Kater first!" stimmen die andern, mit den Pfoten auf die Brust trommelnd, ein. „Kater first! Kater first!"

Der Oberste Glaubenskater sieht das im Prinzip genauso, er drückt es aber etwas staatstragender aus. „Der Satz lautet:

Die Würde des Katers ist unantastbar.

„Und jetzt alle miteinander!"

Sämtliche Kater unisono, begeistert:

„Unantastbar ist die Würde des Katers!"

„Etwas lauter, bitte, etwas entschiedener, glühender, hingerissener!"

Also das Ganze ganze nochmal, entschiedener, überzeugender, begeisterter, glühender und mit solchem Gebrüll, dass die Wände wackeln, Adamkater oben an der Decke erschrocken zusammenfährt und Evakatze den Apfel fallenlässt, den sie ihm gerade geben will:

„Des Katers Würde ist unantastbar!"

Der Apfel ist gerade im Begriff, das Haupt des Heiligen Katervaters zu treffen und diesen womöglich zu erschlagen, finge nicht ein blitzschnell die hochgefährliche Situation erfassender Schweizerkater ihn auf und beförderte ihn mit kräftigem

Pfotenschwung wieder nach oben, wo Evakatze ihn geschickt auffängt und an Adamkater weiterreicht.

Diese Würde zu achten und zu schützen, so der Oberste Glaubenskater mit mahnend erhobener Pfote, sei Verpflichtung jeglicher Gewalt. Und da diese sowieso in Katerpfoten liege, sei jeder Kater aufgerufen, sich für die Unantastbarkeit seiner und seiner Brüder Würde einzusetzen.

„Und die Würde der Katze?" (Schottisches Kleinohr, weißer Kehlfleck, kein Bommel, Stehplatz). „Ich frag ja nur."

„Die ist natürlich antastbar."

„Warum?"

„Weil das schon immer so war. Es ist ja auch nur eine sehr kleine Würde."

„Warum?"

„Darum."

„Warum - darum? Ist das denn keine dings - keine, wie sagt man dazu?"

„Diskriminierung", ruft der alte gebildete Kater, er kennt sich aus mit Fremdwörtern. „Etymologische Herkunft vom lateinischen discriminativ, was soviel bedeutet wie Scheidung, Absonderung."

Das mit der kleineren, eher mickrigen Katzenwürde sei, erstens, ein katergöttliches Geheimnis, an dem man nicht herumzukratzen habe, weiß der Oberste Glaubenskater, und zweitens ein Naturgesetz, und als solches unveräußerlich. Für Naturgesetze sei der Große Katergott zuständig, der habe sie ja gemacht und sich bestimmt was Gescheites dabei gedacht. Weshalb das eine ausgesprochen blöde Frage sei.

Das schottische Kleinohr gibt keine Ruh: Aber warum sollte Gottkater die Würde der Katze für weniger wichtig halten als die des Katers?

Der Oberste Glaubenskater verdreht die Augen ob solch kleinohrlicher Naivität. Das liege doch auf der Pfote. Als größter und vollkommenster aller Kater wisse Er natürlich, was würdig und recht, billig und heilsam sei. Die unantastbare Katerwürde müsse man den antastbaren, eher unwürdigen Katzen in aller gebotenen Klarheit und Deutlichkeit hinter die Löffel schreiben.

Da trommeln die Kater zustimmend mit dem Schwanz auf den Körbchenrand.

Man könne ihnen doch vielleicht erst mal zuhören, ruft ein noch recht unerfahrener junger Kater (ein Bommel, große Ohren, ziemlich verschmust, versteckt eine Spielmaus im Körbchen), vielleicht ließen die auch ganz vernünftig mit sich reden.

Er wird eines Besseren belehrt (Halblanghaar, Krätzmilben, drei Bommel): Reden bringe gar nichts, und Zuhören bedeute Schwäche. Wenn man denen die kleinste Zehe reiche, packten sie gleich die ganze Pfote.

Besser: Zähne zeigen. Natürlich nur, falls man noch welche habe. (Europäisches Kurzhaar, arg dünner Schwanz, drei Bommel).

Auf dem Platz vor den Fenstern tut sich was, hört man was, seltsame, ungewohnte Laute, ein Maunzen, ein Jaulen, ein arges Gekreisch.

Drinnen überbieten sich die Brüder mit Vorschlägen:

„Einfach rausschmeißen!" Mittelalterlicher wildfarbener Abessinier, hyänenartig gefleckt, sechs Bommel).

Und: Vielleicht könne auch Satankater die Katzen holen, dann habe man sie los, und er sie auf dem Hals. Sollen sie doch ihm die Hölle heiß machen.

Und: Auf den Mond schießen, am besten auf die Rückseite, da müsse man sie nicht mehr sehen.

Und: Sie meistbietend versteigern in andere Länder mit Katerüberschuss und Katzenmangel, dort werde man sie einem bestimmt aus den Pfoten reißen.

Und: Ihnen einen bösen, hochansteckenden Katzenschnupfen schicken, an dem sie eingehen. Oder gleich die Pest. So was halt. Dann wären sie weg, die schlimmen Dinger.

„Noch besser", brüllt einer: „Schierlingssaft, Schierlingssaft, hat ihn zuletzt dahingerafft."

„Wen?"

„Na, den Sokrateskater. Das giftige Zeug habe ihm doch diese Xanthippekatze gegeben, weil er ihr ständig auf die Nerven gefallen sei. Das könne man doch auch den Katzen ...

Was unser gebildeter Kater, er fühlt sich verpflichtet, der Wahrheit die Ehre zu geben, nicht so stehen lassen kann. Es sei nicht Xanthippekatze gewesen, sondern die Oberste Katerversammlung der Stadt Athen, die Sokrateskater auf diese Weise loswerden wollte. Für den habe ein Becher gereicht. Um sämtliche Katzen dahinzuraffen, bräuchte man das Zeug fassweise.

Der Schierlingssaft wird gestrichen.

Der radikalste Vorschlag: „Abmurksen, einfach abmurksen!"

Die Zeit der Abmurkserei sei, Gottkater sei's geklagt, leider vorbei, so der für die Reinheit des

Glaubens zuständige Glaubensgroßkater mit leisem Bedauern. Die so beliebten, äußerst wirkungsvollen Scheiterhaufen seien heute ebenso aus der Mode wie Aufhängen, Köpfen, Vierteilen, Rädern und Ersäufen. Da käme man in Schwierigkeiten, und von denen habe man schon genug am Hals.

Doch schon regt sich lautstarker Protest. Abmurksen gehe nun gar nicht. Wenn die Katzen weg seien, wer mache dann die Drecksarbeit? Wer kümmere sich um das leibliche und seelische Wohl des geweihten Katers? Lege ihm seine tägliche Maus vor die Füße? Ersetze die zerkauten Bommel an den Körbchen durch neue? Wärme ihm das Körbchen, wenn's kalt ist? Bedaure ihn, wenn er mit zerschlenztem Ohr nach Hause komme? Himmle ihn an, wenn ihm - ein Kater brauche das gelegentlich - danach sei?

„Und wir hocken dumm herum, weil niemand mehr da ist, dem wir sagen können, was er - in diesem Fall natürlich sie - zu tun hat." (Ägyptische Mau, etwas faul, mag keine Hektik, Schnurrhaare gekräuselt, zwei Bommel). „Als Kater sind wir eine moralische, nein, die moralische Instanz überhaupt. Wir sehen unsere Aufgabe darin, ihnen den rechten Weg zu weisen, ob ihnen das gefällt oder nicht. Ohne uns finden sie den nie."

Das Gekreisch nähert sich, es wird immer lauter, unfeiner, beunruhigender, unüberhörbarer.

Die Kater spitzen verstört die Ohren. Horch, was kommt von draußen rein? Feinsliebchen kann das doch nicht sein, Feinsliebchen sind, wie der Name schon sagt, lieb und fein, die kreischen nicht herum und machen kein solches Gedöns.

Wortmeldung aus der vierten Reihe (drei Bommel, phlegmatisches Langhaar, tiefsitzende Fledermausohren, Kahlstellen im Fell): Statt dankbar zu sein und zu erkennen, wie sehr die hier versammelten Kater die ganz spezifische Eigenart der Katzen hochschätzten, nämlich das Recht, sie selber, ganz Katze zu sein zu dürfen, und sonst gar nichts, nichts außer Katze, entäußerten sie sich selbst dieses Rechts. „Sie fordern, uns gleichgestellt zu werden. Welche Hybris, meine Brüder! Das geht nicht!"

„Warum nicht?" fragt einer von ganz hinten (kein Körbchen, kein Bommel, kauert auf dem blanken Boden).

Weil man sich selbstverständlich an die Weisung des göttlichen Katersohns halten müsse, der wolle das auf gar keinen Fall, wie auch der Heilige Katervater Johannes Paul sage, und der müsse es wissen.

„Was?"

„Was der göttliche Katersohn gemeint hat."

„Aber vielleicht hat der Heilige Katervater den göttlichen Katersohn falsch verstanden, und der hat gemeint, dass Katzen und Kater gleich sind. Und gleich wichtig."

„Kater sind jedenfalls gleicher. Und wichtiger. Wir gehen davon aus, dass der göttliche Katersohn es nur so gemeint haben kann. Katzen, die gleiche Rechte anstreben, wie sie Katern gebühren, werfen ihr Katzentum einfach weg. Das können wir nicht zulassen, wir Kater sind geradezu verpflichtet, dieses reine Katzentum zu schützen und zu verteidigen. Wenn's sein muss, gegen sie selber. Und was macht, so der Heilige Katervater Johannes Paul, das Katzentum aus?"

Das wissen natürlich alle: „Ruhe geben, Selbsthingabe, Kätzchen kriegen."

„Was verstehen wir unter Selbsthingabe?"

„Immer für den anderen da sein."

„Und wer, geliebte Brüder, ist dieser andere?"

„Ich!" brüllt einer. „Der Kater", brüllen alle.

„So ist es. Die würdigste Aufgabe der Katze sei, so habe es dieser große Heilige Katervater geradezu poetisch in Worte gefasst, ‚Katzenmutter und Katzenjungfrau zugleich' zu sein.

„Das versteh ich nicht." Der Zwischenrufer hockt in einem der Blumenkübel unter einer vertrockneten Palme und ist ein bisschen dumm. Entweder Mutterkatze oder Katzenjungfrau. Aber beides zugleich? „Ja, geht denn das? Find ich komisch!"

Das gehe, so der Oberste Glaubenskater, nachdem er sich ausführlich gekratzt und bedacht hat, wenn die Katze bei dem bewussten Akt - also der Vereinigung - der hingebenden Vereinigung - man könne auch sagen, der vereinigenden Hingabe - die Katzenmutterschaft anstrebe, und nicht die Lust. Dann sei sie - im weitesten Sinne - trotzdem eine jungfräuliche Katze. Und die jungfräuliche Katze, die, was jedoch zu tadeln sei, nicht Mutter werden wolle, könne dafür wenigstens geistig fruchtbar sein, das sei ja auch irgendwie und auch im weitesten Sinn eine Art Mutterschaft. Und das sei kein bisschen komisch.

„Aber die Lust?" fragt einer (vier Bommel, Manx-Kater, schwanzlos), „was ist mit der?"

Die Lust sei allein dem Kater vorbehalten.

Die Sache mit der mütterlichen Katzenjungfrau, der jungfräulichen Mutterkatze, haben immer noch nicht alle verstanden, ist ja auch etwas kryptisch, aber dass man als Kater seinen Spaß an der Sache haben dürfe, kapieren alle.

„Auch unser Heiliger Benediktkatervater hat Erhellendes dazu zu sagen. Das Beste des kätzischen Lebens, belehrt er die Katzen - weil diese selber ja gar nicht wissen können, was für sie Beste ist -, bestehe darin, sich für den anderen einzusetzen, für sein Wachstum, seinen Schutz und sein Wohlergehen. So habe es auch Gottkater höchstpersönlich in seiner Schöpfungsordnung festgelegt. Hält sie sich nicht an diese Vorgaben, droht, meine Brüder, die Verkaterung der Katze."

Der Satz von der verkaterten Katze geht im Geschrei vor dem Fenster unter, das wird immer lauter und tut den sensiblen Katerohren weh.

Nun hört es auch der Heilige Katervater. Weil er meistens auf den Ohren sitzt und döst - er nennt es Meditation -, kriegt er nicht mehr viel mit von dem, was sich so in der Welt tut und von dem, was gerade hier verhandelt wird. Dafür hat er seinen Obersten Glaubenskater. Er zuckt zusammen.

„Was ist das für ein Krach?"

Ein unerschrockener Schweizerkater guckt vorsichtig zum Fenster hinaus, zieht schnell den Kopf zurück und flüstert etwas ins Ohr des Obersten Glaubenskaters, was dieser ins Ohr des Heiligen Katervaters brüllt: „Sie sind's! Die Katzen sind los!"

„So? Was schreien sie denn?"

„'Wir sind das Volk!' schreien sie."

„Kommt nicht in Frage. Das Volk sind doch wir. Schon immer. Als Kater sowieso."

„Ein bisschen Volk sind sie auch. Wenigstens das halbe. Behaupten sie. Obwohl die andere Hälfte - also die Katerhälfte - natürlich doppelt zählt. Mindestens."

„Aber so laut! Das gehört sich nicht!" Der Heilige Katervater schätzt gute Manieren, wie sie in dem berühmten Buch Kniggekaters *Über den Umgang mit Katern* gefordert werden. Deshalb findet er es nicht gut, dass das halbe Volk offenbar in Unkenntnis dieses Buchs draußen herumschreit.

Zum Schweizerkater: „Sag ihnen das, mein Sohn! Aber mit Nachdruck"!

Der Schweizerkater marschiert zum Fenster und brüllt nachdrücklich hinunter, dieses Chatzegschrei (Katzengeschrei) störe die Andacht des Heiligen Katervaters und der Versammlung ehr- und hochwürdiger Kater sehr, sie sollten als halbes Volk gefälligst auch nur halb so laut schreien. Oder ganz die Schnauze halten. Und ob sie nichts Besseres zu tun hätten.

Das halbe Volk brüllt hinauf, es täte ja gerade das Bessere. Und man könne gern noch lauter …

„Sag ihnen, sie sollen sich schleichen! Und zwar sofort! Stante pede, sozusagen!""

Der Schweizerkater zu den Schreihälsen: „Än schöne Gruess vom Heilige Katervater, und er will sini Ruh, und ihr södet eu verziehe, aber fix und stante pede!"

(„Einen schönen Gruß vom Heiligen Katervater, und er will seine Ruh, und ihr sollt euch schleichen, aber fix und stante pede!")

Das halbe Volk denkt nicht dran sich zu schleichen, schon gar nicht fix und erst recht nicht stante pede. Es hat lange genug Ruh gegeben und hält sich an die Worte des großen weisen Salomokaters, der aber, wie besonders radikal-kätzisch gesonnene Katzen zu wissen glauben, höchstwahrscheinlich gar kein Kater gewesen sei, sondern eine Katze, also Salomakatze. Weil jedoch nicht sein könne, was nicht sein dürfe, habe man aus ihr besagten Salomokater gemacht. Eine hochinteressante Theorie, der man zustimmen kann. Muss man aber nicht.

Was also sagt Salomokater - oder Salomakatze?

Er - sie - sagt: ‚Es gibt eine Zeit des sich Schleichens und eine Zeit des sich nicht mehr Schleichens, eine Zeit des Maulhaltens und eine Zeit des Maulaufmachens, eine Zeit des Jasagens und eine des Neinsagens. Eine Zeit des Verhauenwerdens und eine Zeit des selber Draufhauens'. Also spricht Salomokater - oder eben Salomakatze. So ähnlich jedenfalls. Eins, zwei, drei, im Sauseschritt, saust die Zeit, das halbe Katzenvolk saust mit, die andere Hälfte - das Katervolk - bleibt auf dem Hintern hokken und nimmt übel.

Und nun stimmen sie draußen nach einer wohl-
bekannten Melodie, diesen kämpferischen Gesang
an:

> **„Die Zeit ist gekommen,**
> **die Katzen schlagen aus!**
> **Da bleibt keine Katze**
> **bescheiden zu Haus!"**

Dann rufen sie hinauf, ob nicht ein paar Kater
kurz mal runterkommen wollten, für ein kleines
Tänzchen ...

> **„Wolln die Herrn Kater**
> **den Tanz mit uns wagen,**
> **soll'n sie's nur sagen,**
> **wir spiel'n ihnen auf.**
> **Mit unsern Krallen,**
> **spielen wir auf, ja,**
> **spielen wir auf, ja,**
> **spielen wir auf!"**

Nein, das wollen die Kater auf gar keinen Fall, die Tanzpfote zu schwingen verbieten ihnen ihre steifen Knochen, das fortgeschrittene Alter und die Katerwürde.

Der Heilige Katervater kratzt sich hinterm Ohr. „Ja, dürfen die das überhaupt?" fragt er seinen Obersten Glaubenskater.

„Natürlich nicht, Heiliger Katervater. Sie tun's trotzdem. Denen ist nichts mehr heilig."

„Nichts mehr heilig? Nicht mal mehr ich?" Er verliert die Fassung. „Geht das nicht zu weit? Darf ich mir das gefallen lassen?"

„Auf keinen Fall!"

Was die versammelten Kater auch so sehen. Sie ziehen die Lefzen hoch, was immer gefährlich aussieht und hauen so lange mutig mit den Tatzen in die Luft, bis der Heilige Katervater seine Fassung wiedergefunden hat:

„Meine Brüder, dann bleibt nur eins!"

Atemlose Stille. Aller Augen blicken gebannt auf den Heiligen Katervater. Der läuft zu großer Form auf. Er hebt beide Pfoten und verkündet mit ungewohnt markiger Stimme: „Es muss etwas geschehen!"

Wahrlich ein bewegender Moment!

„Es wird etwas geschehen!" brüllt der Chor der Kater, feurige Blicke um sich werfend, beseelt von edlem Kampfgeist und wilder Entschlossenheit.

Der Katzenbeauftragte brüllt nicht mit, er ist von Natur aus sowieso kein Brüller, außerdem geht's ihm gerade wie seinerzeit dem berühmten Martin Luther Kingkater: He has a dream. Einen friedlichen, beglückenden Traum. Der geht so: Er sitzt auf einer großen, dicken, weichen Wolke, etwas weiter unten auf einem kleineren Wölkchen lauter Kätzinnen, sie lassen ihre Schwänze baumeln, was nett aussieht und himmeln ihn an. Er spricht gütig und huldvoll zu ihnen, erklärt den Katzen die Katze, wofür die auf Wolken Sitzenden dankbar sind, weil sie selber ja gar nicht richtig wissen, was eine Katze ausmacht, wozu sie da ist und was sie zu tun hat. Und als er geendet hat, erheben sie ihre Stimmen:

„Wir sind die guten Katzen,
wir falten fromm die Tatzen!
Wir sagen nix,
wir fragen nix,
wir hören nix,
wir sehen nix.
Wir sind die frommen Katzen
und falten froh die Tatzen!
Miauu!

Wir schaffen und dienen
mit glücklichen Mienen.
Wir herrschen weise,
doch nur
im häuslichen Kreise,
und fügen zum Guten
den Glanz und den Schimmer.

Denn so war's immer.
Miauuu!
Wir ruhen und schimpfen,
wir jammern und klagen,
wir motzen und trotzen
und meckern nimmer.
Miauuuu!"

Dann deuten alle mit der Pfote auf ihn:

„Er ist der Herr,
wir sind das G'scherr!
Miauuuuu!
Wir sind die guten Katzen,
und falten fromm die Tatzen!
Miauuuuuu!"

Diesen auch literarisch hochstehenden Text singen sie als Kanon, und wenn sie fertig sind, fangen sie begeistert wieder von vorn an. Der Katzenbeauftragte, obwohl Nichtkatze, dirigiert und gibt die Einsätze, was keine Katze stört, sind sie es doch gewohnt, dirigiert zu werden.

Die anderen, die unguten, wilden, aufmüpfigen Motz- Trotz- und Meckerkatzen, diese Katzenluder auf der Straße, die sich nicht mehr dirigieren lassen wollen, denken nicht ans Kateranhimmeln oder daran, fromm ihre Tatzen zu falten. Sie sind nicht weniger beseelt als die Kater drinnen von wilder Entschlossenheit und Kampfgeist. „Wir sind das Volk!" schreien sie, „allerhöchste Zeit, dass ihr's endlich kapiert!" Halten Transparente hoch, auf denen stehen lauter unfreundliche Sachen, die man als Kater nicht billigen kann:

„Uns reicht's!"

Sie haken sich unter, schwenken die Hinterpfoten hin und her:

**„Eins, zwei drei!
Aus ist's und vorbei,
mit der Katerei!"**

Skandieren in anschwellendem Katzengesang:

**„Freiheit! Gleichheit! Katzheit!
Freiheit! Gleichheit! Katzheit!
Freiheit! Gleichheit! Katzheit!"**

Erheben drohend die Pfoten, fahren die Krallen aus, und nun ertönt der Schlachtruf, an dem man sich die Zunge abbrechen kann, hat man ihn nicht fest geübt:

**„Katz kratz!
Ratzfatz!
Kratz, Katz!
Kratz Katz, kratz!
Ratzfatz! Kratzfatz! Ratzfatz!
Katzratzfatzratzkatz!!!!"**

Und um dem noch mehr Nachdruck zu verleihen, schließen sie mit einem wilden, Katermark und Katerbein erschütternden:

Krrrrrrchchchch!!!

Den mutigen Katern sträuben sich die Haare, größer werden ihre Pupillen, ruckartig bewegen sich die Schwänze hin und her.

Das klingt nach Revolution. Revolutionen, man weiß es, sind nicht ohne, sie gieren geradezu nach Opfern, in diesem speziellen Fall nach Kater-Opfern, die sie ratzfass auffrisst bei lebendigem Leib. Keine schönen Aussichten!

Der edle Kampfgeist der Kater verduftet. In den Körbchen greift Panik um sich. Entsetzen. Angst. Nackte Angst. Überlebensangst. Todesangst und die bange Frage, die Kater sich seit Anbeginn der Zeit stellen, wenn's brenzlig wird:

„Womit haben wir das verdient?"

Wo man es doch immer nur gut mit sich gemeint hat! Auch erinnert man sich der wilden mänadischen Katzen, die einst im Lande der Griechen den armen Orpheuskater so sehr in Stücke rissen, dass nur noch sein Haupt übrigblieb, welches, ein verständlicherweise trauriges Lied singend, melancholisch auf dem Fluss Hebros bis ins Ägäische Meer schwamm, auf der Insel Lesbos an Land gespült wurde und solange nicht aufhörte zu singen, bis Apollokater ihm genervt befahl, endlich den Mund zu halten.

So weit soll's nicht kommen.

Aber was tun?

Flucht?

Unmöglich. Die Katzen lauern überall. Und wohin auch? In welches Exil? Wo findet ein verfolgter Kater Asyl vor roher kätzischer Gewalt?

Sich als Katze ausgeben?

Noch unmöglicher. Die Attribute eines Katers sind unübersehbar. Und man kann ja nicht ständig mit eingeklemmtem Schwanz rumlaufen.

Kampf?

Bloß nicht. Wegen der Krallen. Nicht der Kater- sondern der Katzenkrallen dieser wilden Katzkratzbürsten, deren Kampfschrei „Kratz, Katz, ratzfatz!" ihnen noch schauerlich in den erschrockenen Ohren klingt. Das könnte ja wehtun. Kater mögen es nicht, wenn man ihnen wehtut. Was keineswegs jammerlappig ist, sondern in ihrer feinsinnigen, sensiblen Natur liegt. Die gefühlsmäßig gröber gestrickten Katzen halten mehr aus.

Aufgeben?

Das bedeutete das Ende der ruhm- erfolg- und segensreichen, vom Großen Katergott gewollten Katerherrschaft. Und damit auch, wie schon gesagt, das Ende einer Welt, in der zu leben für Kater - oder Käter? - erstrebenswert wäre.

Was bleibet also?

Ein heroisch gesinnter Kater erinnert an die tapferen Katerhelden, die einst auf der in der Wüste gelegenen Burg Massada nach jahrelanger Belagerung sich selbst entleibten, um nicht in die Pfoten der siegreichen römischen Katertruppen zu fallen. Das wär doch eine Möglichkeit, oder? Immerhin winke unsterblicher Ruhm, ein Denkmal, womöglich auch Heilig- mindestens aber Seligsprechung.

Der Vorschlag, einander zu dergurgeln, wie man im schönen Bayernlande sagt, wird sofort und einstimmig abgelehnt. Das gehe nun doch zu weit. So eine Entleibung sei verdammt unangenehm, auf unsterblichen Ruhm sei man auch nicht scharf, man begnüge sich lieber mit dem sterblichen, von dem habe man wenigstens noch was.

Ratloses Schweigen. Was aber bleibet noch?

Doch dann: ‚Wo aber Gefahr ist, wächst das Rettende auch!' fällt dem alten, klugen, belesenen Kater ein, wir kennen ihn, und er hat unsere Sympathie. Doch wo wächst es, weilt es, wo versteckt es sich, das Rettende?

Aller Blicke richten sich nach oben. An der Decke freuen sich Adamkater und Evakatze heftig schmusend ihres jungen Lebens. Von denen ist nichts zu erwarten. Wohl aber von Ihm, der dort auf den Wolken heranbraust: Michelkaters Großem Gotteskater.

„Wir müssen es Ihm sagen." (Fünf Bommel, verhauene Nase).

„Er muss uns helfen." (Sechs Bommel, Schlenzer im Ohr).

„Wozu ist Er denn sonst da?" (Zwei Bommel, ausgefranst, von einer Katze zerfetztes Ohr, als dessen rolliger Besitzer sich ihr liebevoll näherte).

Der Heilige Katervater, verwirt: „Wer?"

„Na, Er. (Drei Bommel, dunkle Punkte im Ohr, vermutlich Milben). Vielleicht hat Er gar nichts mitgekriegt und weiß nicht, was und wer hier unten los ist. Nämlich der Teufel - ich meine, die Katzen."

Der Oberste Glaubenskater: „Was fast dasselbe ist."

Einwurf von ganz hinten (ein Bommel, weißer Kehlfleck): „Aber Er ist doch allwissend! Oder etwa nicht?"

„Im Prinzip schon, aber vielleicht nicht immer. Nur ab und zu, mal mehr oder weniger. Er übertreibt es nicht mit der Allwissenheit. Nix Genaues weiß man nicht."

„Vielleicht ist es Ihm auch wurscht."

„Wär ja noch schöner. Er hat uns Kater geschöpft, da können wir Ihm nicht wurscht sein. Ich (sechs Bommel, Schwanz gekringelt wie bei Eichhörnchen) schlage vor, wir schicken jemanden zu Ihm, der Ihm eindringlichst schildert, wie's hier aussieht. Und dass allerhöchste Gefahr droht. Und dass Er dringend was tun muss. Uns einfach hängenlassen, Seine Gottespfoten in Unschuld waschen und dann in den Schoß legen - das geht gar nicht."

Chor der Kater mit einiger Entrüstung: „Geht gar nicht! Geht gar nicht!"

Dann stellt der Oberste Glaubenskater die entscheidene Frage: „Wer macht's?"

„Also ich würd's ja furchtbar gern machen, aber ich kann leider nicht, ich hab noch was vor. Was Unaufschiebbares." (Fünf Bommel, ausladender Schnurrbart, Typ Sofatiger).

„Ich auch."

Immer mehr Ich-auch-Kater, die zu ihrem Bedauern noch Unaufschiebbareres vorhaben, gucken weg, zählen interessiert die Bommel an den Körbchen, oder sie ducken sich in dieselben, machen sich klein und kneifen die Augen zu. Wer die Augen fest zumacht, der wird unsichtbar, das weiß schon jedes Kätzchen.

Auch die kühnblickenden, wackeren bunten Schweizerkater erklären sich für nicht zuständig. Ihr gutes, gesundes Schweizerblut verspritzen für den Heiligen Katervater - wenn's denn sein muss. Aber mit dem noch heiligeren Gottkater will man lieber nix zu tun haben. Mit dem ist nicht gut Kirschen essen, weiß man aus langer Erfahrung. Man kennt sich.

Der Katzenbeauftragte denkt nicht dran, aufzuwachen, da wär er ja blöd, wo die netten Kätzinnen ihm gerade so schöne Augen machen und nicht aufhören können zu singen, sie seien fromme Katzen und falteten ihre Tatzen ...

Da bleibt nur: Hölzchen ziehen.

*

Der mit dem kleinsten Hölzchen (Kartäuser, maus-grau, Kurzbein, Kulleraugen) zeigt sich unbegeistert. Die Sache sei ja nicht ohne Risiko, vielleicht habe Er auch gerade schlechte Laune, die hat Er oft, und wer könne schon wissen, auf was für Ideen Er komme. „Ich sag nur Sintflut, ich sag nur Godom und Somorrha."

„Andersrum, verdammt noch mal!" brüllt der gebildete alte Kater. „Sodom und Gomorrha." Er brummelt noch etwas, das klingt wie ‚zu meiner Zeit hätt das jeder Kater gewusst'.

Es sei doch bekannt, so der Auserwählte, dass der Überbringer schlechter Nachrichten fast immer sein Fett ab- und den Pelz gewaschen kriege. Dann fällt ihm ein - dem Großen Katergott sei Dank - , als Angehöriger des Kartäuserordens habe er ja Sprechverbot und dürfe gar nicht reden. Man müsse also leider einen anderen mit der ehrenvollen Aufgabe betrauen. Dessen sei er saumäßig froh - vielmehr er bedaure es zutiefst.

Worauf der Heilige Katervater ihm eilig Dispens erteilt und das Redeverbot aufhebt.

„Aber wo find ich Ihn überhaupt?"

„Na, oben halt. Er guckt doch immer auf uns runter."

„Wo oben?"

Ein schwarzer Kater (fünf Bommel, ungepflegt, sehr struppig) glaubt sich zu erinnern, Er halte sich öfters auf einem Berg auf, dem Olymp, oder wie der heiße, da sei auch die Luft besser und weniger Krach, da habe Er, umwuselt von den Katzengeln, seine himmlische Ruh.

Aber auf dem Olymp, weiß ein anderer (sechs Bommel, Mundgeruch wegen Vorliebe für Fischhäppchen), hocke doch schon dieser Zeuskater, in der Rechten den Donner, in der Linken den Blitz, mit dem, wie man wisse, auch nicht zu spaßen sei.

Ein Dritter (Orientalisch Kurzhaar, vier Bommel) schlägt den Berg vor, auf den einst dieser berühmte Kater geklettert sei, der mit seinem Schwanz das Wasser des grünen oder gelben Meeres, das wisse er nicht mehr genau, geteilt habe, in dem dann dankenswerter Weise ägyptische Katerkrieger zuhauf ersoffen seien - „Wie heißt der doch gleich wieder? Ambrosiuskater? Christopheruskater? Oder war's der heilige Nikolauskater?"

Man einigt sich auf Moseskater. Ja, den mit dem Binsenkörbchen. Nein, das Körbchen habe keinen einzigen Bommel gehabt. Warum nicht? Weil Moseskater damals ja noch nicht stubenrein gewesen sei und deshalb noch ziemlich unwürdig - eine höchst einleuchtende Erklärung.

Also dieser Berg, auf den Moseskater geklettert sei, um Ihn zu sehen ...

„Gesehen hat er Ihn nicht. Nur gehört."

„Hat Er wieder gebrüllt?"

„Diesmal nicht. Was Er gesagt hat, war wie das leichte Säuseln des Windes. Aber auch wenn Er säuselt, kann das unangenehm werden. Er sagt ja dauernd unangenehme Sachen. Besonders lustig ist Er nie."

„Und wo ist dieser Berg?"

„Das muss einer von den sieben Bergen sein."

„Die sind schon besetzt, da hocken schon sieben Zwerge drauf."

Allgemeines Grübeln über den richtigen Berg ohne Zwerg.

Dann der erlösende Vorschlag (drei Bommel, das Fell voller Zecken): Es müsse ja nicht unbedingt ein Berg sein, ein Baum tue es ebenfalls, Hauptsache, hoch und mit Ausguck, und man sei auch schneller oben, allerdings - sollte Er wieder mal übel gelaunt sein - sei das Runterkommen, wie jeder Kater aus leidvoller Erfahrung wisse, etwas problematischer.

Er sei aber nicht schwindelfrei, erklärt der Erwählte.

Sollte er herunterfallen, könne er sich immerhin voll Stolz sagen, er habe sich das Genick für eine gute Sache gebrochen. Für die Sache der Kater.

Einverständliches Schwanzklopfen.

Der Erwählte zieht den Schwanz ein.

Und dann, um dem armen Kerl, den es getroffen hat, und um sich selber Mut zu machen, singen alle brüderlich mit Herz und Pfot das Lied für Vorsänger und Chor, das ein berühmter Dichterkater eigens für sie komponiert hat und mit dem sie stets ihre Versammlungen beschließen:

Das Lied vom edlen, tapferen, unübertrefflichen, erhabenen Kater

Das Lied geht so:

Vorsänger, mit Würde:

**„Zum Herrschen erkoren,
zum Kämpfen bestellt,
zum Raufen geboren,
gefällt uns die Welt."**

Chor, mit freudiger Zustimmung:

**„Fidirallala, fidirallala,
fidiralla lala la!"**

Vorsänger, begeistert:

**„So stolz und so edel,
vom Kopf bis zum Wedel.
Ohn Fehl und ohn Tadel,
voll Kraft und voll Adel."**

Chor, euphorisch:

**„Fidirallala, fidirallala,
fidiralla lala la!"**

Vorsänger, hingerissen:

**„Ihr herrlichen Kater,
wer je euch gesehn,
der muss es gestehn:
Ihr seid ja soooo schön!"**

Chor, jubelnd, enthemmt, extatisch:

**„Fidirallala, fidirallala,
fidiralla lala la!"**

Das letzte, von allen heiß geliebte und bei jeder passenden und unpassenden Gelegenheit geschmetterte ‚Fidirallala' klingt besonders inbrünstig. Dann kommen noch mindestens zehn Strophen, das Lied ist länger als der längste Katerschwanz, doch die kriegen sie nicht mehr zusammen. Die Alten, weil sie's vergessen haben, die

Jungen, weil sie nie was auswendig lernen mussten, was ja eine geistige Überforderung gewesen wäre. Aber den Rest kann man sich ohnehin denken.

Der Katzenbeauftrage ist aufgewacht von diesem donnernden Fidirallala, das seine ihn anhimmelnden Katzen aus ihren Wolken fallen lässt und guckt verstört um sich.

Man gibt dem Abgesandten das Geleit zum höchsten Baum, der auf einer Anhöhe in dem herrlichen alten Park emporragt, in dem sich peripatetische Kater gern klug miteinander plaudernd ergehen, in Blumentöpfen und Amphoren ein Nickerchen machen oder an Brunnen und Teichen trauliche Zwiesprache halten mit Frosch und Goldfisch. Wünscht gutes Gelingen - ‚keep tomcats great again!' (Mach die Kater wieder groß!) -, gibt ihm ein weltgewandter mehrsprachiger Kater mit auf den Weg -, lässt Ihn schön grüßen und verkrümelt sich. Zeit für ein paar Häppchen, die unaufmüpfige brave Katzen, die nicht nur im Traum des Katzenbeauftragten sondern auch in der Wirklichkeit noch wissen, wo ihr Platz ist - jawohl davon gibt's noch einige - liebevoll gerichtet haben, Huhn mit Thun, zarte Stückchen an Soße, frisches, pfotenwarmes Tartar. Hinterher ein bisschen Baldrian schnuppern, sich ein bisschen in Katzenminze rollen, dann husch ins Körbchen und ohne den geringsten Zweifel an der ihnen verliehenen Macht und Größe die Bilder einer ruhmreichen Vergangenheit

fortträumen, in denen der Kater die unangefoch-
tene Krone der Schöpfung ist ...

Mahlzeit!

Der Komödie zweiter Teil:

Fundamental wichtiges Gespräch zwischen zwei Katern, die, was die Katze als solche angeht, sowie die neuen Zehn Gebote, meinungsmäßig ziemlich auseinanderliegen. *Deprimierendes Fazit: Als Kater steht man im Regen, ohne Seinen Schutz und Schirm. Keine Hilfe von oben.*

Beim Hinaufklettern rutscht er ein paarmal ab, fängt sich wieder, hockt schließlich in einer Astgabel, vielmehr, er hängt drin. Was weder elegant noch würdevoll wirkt.

Dann, sich höher hangelnd, verschnauft er, legt die Pfote über die Augen und schaut sich um. .Sieht aber nix.

Nix und niemanden.

Weder weit, noch breit.

Weder urbi noch orbi.

Schon gar nicht: Ihn.

Soll er beten? Wenn's auch nicht immer helfe, heißt es, könne es wenigstens nicht schaden.

Aber was betet man in diesem speziellen Fall?

Er versucht's mit:

„Komm, Katergott, sei unser Gast,
und segne, was Du uns bescheret hast!"

Doch dann packt ihn leiser Zweifel, ob dieses Gebet nicht vielleicht etwas daneben sei, denn schließlich hat Er ja den Katern die Katzen beschert, und diese schöne Bescherung auch noch zu segnen - das ist nicht der Sinn der Sache.

Vielleicht rufen?

Aber wie ruft man Ihn?

Er versucht's mit: „Halleluja!"

Nix.

Dann, etwas lauter, mit: „Hosianna!"

Wieder nix.

Ziert Er sich? Kann Er gerade nicht? Oder will Er nicht?

Also brüllen: „Halloooo! Ich bin's!"

Endlich, nach dem dritten Hallo: aufkommt ein Winden und Wehen, ein Sausen und Brausen, ein Windgeweh, ein Sausgebraus, dass ihm das Herz in die Hose fiele, hätte er denn eine.

Er reißt sich zusammen: „Bist Du's? Bist Du da?"

„Ich bin immer da." Die Stimme kommt von allen Seiten. Sie dröhnt mächtig wie eine Orgel. Mit Nachhall.

„Aber wo?"

„Ich bin allgegenwärtig. Ist was?"

„Kann man wohl sagen. Nimm's mir bitte nicht übel, es war ja nicht meine Idee, aber wir haben Hölzchen gezogen, und mich hat's erwischt, und drum bin ich da und ..."

„Was - und?"

„Ich soll ein ernstes Wörtlein mit Dir reden. Im Auftrag aller dahingegangenen, jetzigen und zukünftigen Kater."

„Um was geht's denn diesmal?"

„Es geht um - sie."

„Wer ist - sie?"

„Na, die Katzen."

„Die Katzen! Warum legt ihr euch immer wieder mit ihnen an?"

„Die drehen jetzt den Spieß um und legen sich mit uns an. Werden zickig, launisch, machen Ärger. Diesmal ist die Lage ernst."

„Wie ernst?"

„Alles steht auf dem Spiel, alles."

„Was heißt alles?"

„Die Macht und die Herrlichkeit."

„Welche Herrlichkeit? Welche Macht? Meine?"

„Die doch nicht. Unsere. Die Macht und die Herrlichkeit der Kater. Und wir haben gedacht, Du als Gott aller Kater ..."

Er sei, so die göttliche Stimme mit gereiztem Unterton, nicht nur Gott der Kater, sondern, um das mal endgültig klarzustellen, ebenso Gott der Katzen.

„Aber mehr für die Kater."

„Woher willst du das wissen?"

Das wisse doch jeder Kater. „Zuerst hast Du - ich darf Dich dran erinnern - den Kater geschaffen. Erst dann die Katz. Auf dem großen Kratzbild von Michelkater streckt er Dir - und Du streckst ihm - die Pfote entgegen. Nicht der Katze."

„Der war ja selbst ein Kater. Außerdem: Die Reihenfolge ist schnurzegal. Ihr seid alle aus dem gleichen Dreck gemacht. Kater und Katzen, Kamele, Saurier, Elefanten, Fledermäuse, Karnickel, Nashörner, Koalabären, Eichhörnchen, Regenwürmer, Goldhamster, Mistkäfer - alles was da kreucht und fleucht und auf meiner schönen Erde herumtrampelt, die ihr so zugerichtet habt. Wobei ihr Kater die größten Trampeltiere seid. Bin gespannt, wie lange sie sich das noch gefallen lässt."

„Entschuldige, wenn ich widerspreche. Es ist doch wichtig, wer zuerst da ist. Denn: wer zuerst kommt, frisst zuerst."

„Die Ersten werden die Letzten sein."

„Wer sagt denn sowas!"

„Das sage ich."

„Hast Du das wirklich gesagt? Ist uns Katern gar nicht aufgefallen."

„Wer Ohren zum Hören hat, der höre. Komm endlich zur Sache!"

„Die Sache ist die: Die Katzen sind eine Ka-ta—stro-phe."

„So? Ich hab mir große Mühe mit ihnen gegeben und, wie ich finde, sie gut hingekriegt."

„Schon, aber nur von außen. Du hast wohl keine Ahnung, wie's drinnen aussieht!"

„Und wo liegt nun das Problem?"

„Das Problem ist: Die wollen mit dem Kopf durch die Wand."

„Das Problem, mein Freund, ist nicht der Kopf, das Problem ist die Wand. Und die Wand - das seid ihr Kater."

„Die sehen nicht ein, dass sie gehorchen müssen. Gehorchen ist etwas sehr, sehr Schönes. Wie auch Dienen. Beides liegt, wie alle Kater wissen, in der Natur der Katze. Das sagen wir ihnen bei jeder Gelegenheit. Ist auch bisher ganz gut gegangen. Weil wir's ihnen eingebleut haben. Waren sie störrisch, haben sie eins übergekriegt. Aber nun werden sie auf einmal sehr unnett, ungemütlich und aufmüpfig. Die reinsten Katzbürsten - Kratzbürsten - Kratzkatzbürsten - egal, jedenfalls denken sie sich schlimme Sachen aus und tun Übles. Fallen uns ins Wort, rempeln uns an, statt auszuweichen, lachen uns ins Gesicht, stellen Ansprüche. Und dann gukken sie einen ganz wild an, und dann machen sie mit den Augen einen grausamen Schlitz, und dann wetzen sie ihre Krallen, und sie zischen oder spukken sogar, und dann wird einem ganz mau, und man denkt, besser, ich geh jetzt ein bisschen spazieren, wo gerade so schönes Wetter ist, und man klemmt den Schwanz ein und verdrückt sich ganz langsam rückwärts."

„Was wollen sie denn?"

„Sie wollen alles haben und machen, was wir Kater machen und haben. Und das geht nicht."

„Warum nicht?"

„Weil Katzen dafür zu schwach sind. ‚Schwach-heit, dein Name ist Katze'. Sagt auch Hamletkater. Wenn Du den kennst. Als Katze haben sie nicht das Recht, sich selber etwas zu nehmen. Sie dürfen höchstens etwas annehmen. Aber nur, was wir ih-nen erlauben. Und wenn sie schön bitte-bitte ma-chen. Weil der Kater nun mal das Haupt der Katze ist. Außerdem ist es schon immer so gewesen. Das ist gute, altehrwürdig-bewährte Tradition."

„Aha. Und wer hat sie gemacht, diese altehrwür-dige Tradition?"

„Na, wir Kater. Wer denn sonst. Sie streiken. Be-haupten, sie seien lange genug im Schatten gesessen und wollten auch an die Sonne. Obwohl wir ständig beteuern, zuviel Sonne sei gar nicht gut, im Schatten lebte sich's viel gesünder, vor allem als Katze, und sie sollten froh sein, dass wir als ritterliche Kater ih-nen die Sonne ersparen und auf uns nehmen. Sie wollen ihre Mäuse selber fressen. Ihre Milch selber saufen. Sie behaupten rotzfrech und erzählen es überall rum, sie könnten alles. Und das genauso gut wie wir."

„Vielleicht sogar noch besser."

„Aber alle Kater sind für die Beibehaltung des status quo, wenn Du verstehst. Weißt Du, was einer unserer berühmten alten Kater mal gesagt hat? Der wahnsinnigste Kater sei der heiligsten Katze vorzuziehen. Und: ‚Die Katze darf nicht danach trachten, sich entgegen ihrer kätzischen Eigenart die typischen Katermerkmale anzueignen' Sagt der Heilige Johannes-Paulkatervater, Nummer 2 - wir haben nämlich zwei Stück. Was sagst Du dazu?"

„Ich aber sage euch: Geschwätzt wird viel. Hört weniger auf berühmte alte Kater und ihr bla-bla-bla."

„Aber man muss sich doch fragen, als Kater, was hast Du Dir bloß gedacht in Deinem Gotteskaterkopf, als Du sie gemacht hast? Viel kann's nicht gewesen sein. Du hast wohl nicht gewusst, wie eine Katze sein muss. Verzeihlich, es war ja auch Deine erste. Aber warum hast Du nicht vorher einen Kater gefragt? Jeder Kater hätt Dir sagen können, wie so eine Katze zu sein hat."

„So? Wie hat eine Katze zu sein?"

„Sittsam, bescheiden und rein."

„Aha. Also nicht wie ein stolzer Kater, der immer bewundert will sein."

„Du hättest ein bisschen mehr Geduld in sie hineinschnaufen müssen, mehr Sanftheit, mehr Demut, mehr Ehrfurcht, mehr Respekt vor der natürlichen, katergottgegebenen Autorität des Katers. Hast Du schon mal von den Zehn Geboten gehört?"

„Nicht nur gehört, ich hab sie gemacht. Und auch gleich noch in Stein geschrieben, damit ihr nicht behaupten könnt, ihr hättet sie verlegt oder vergessen."

„Doch nicht die. Ich meine die Zehn Gebote für Katzen."

„Meine gelten für Katz und Kater."

„Wir haben sie selber gemacht. So was können wir auch."

„Und warum?"

„Weil sie bitter nötig sind. Und gut."

„Gut für wen?"

„Gut für uns Kater. Und gut für die Katzen, weil die dann wissen, wo der Barthel den Most holt. Man muss es ihnen immer wieder einbleuen, von selber kommen die nicht drauf, dass ihnen was fehlt."

„Ja, was fehlt ihnen denn?"

„Verstand. Vernunft. Weisheit. Größe. Stärke. Kampfgeist. Heldenmut. Überlegenheit. Willenskraft. Ehrgeiz. Solche Sachen halt. Katzen können keine tiefen Gedanken denken, keine großen Taten tun. Der Drang zu wissen, was die Welt im Innersten zusammenhält, ist ihnen fremd."

„Und was hält sie zusammen, die Welt?"

„Also ganz genau wissen wir's noch nicht, aber wir arbeiten dran. Mit heißem Bemühn, wenn ich mal so sagen darf. Der Kater hat nämlich eine Faust-Natur. Die Katze nicht, die ist viel schwächer als der Kater, sowohl der Würde als auch der Tugend nach. Sagt der große Thomaskater, und der ist ja sowas von heilig!"

„Ich weiß, ich weiß."

„Und wer so heilig ist, der muss es schließlich wissen, oder? Es steht auch in unserem Lied vom edlen, tapferen, erhabenen Kater. Ich sing's Dir mal vor:

Zum Herrschen erkoren,
zum Kämpfen bestellt,
zum Raufen geboren,
gefällt uns die Welt.

Fidirallala, fidirallala,
fidiralla lala la!

Zuerst ist der Vorsänger dran, das Fidirallala singen wir alle zusammen im Chor. Klingt überwältigend. Hinterher fallen wir uns jedesmal in die Pfoten, viele müssen auch heulen. Vor Rührung. Weil wir so sind:

So stolz und so edel,
vom Kopf bis zum Wedel ...

Am besten sing ich's nochmal von vorne. Und Du könntest vielleicht das Fidirallala übernehmen ..."

„Danke, reicht! Ja, das ist wirklich zum Heulen."

„Du sagst es. Außerdem fehlt den Katzen das andere, was nur Kater haben. Du weißt schon. Was den Kater zum Kater macht. Und zum Katervater. Worum ihn alle Katzen beneiden. Weil ihnen sowas fehlt. Freudkater sagt das auch. Drum haben wir ihnen diese Zehn Gebote geschenkt. Die kennt jeder Kater. Sie gelten für alle Katzen, egal, ob groß oder klein, alt oder jung, dick oder dünn, gestreift, gefleckt, getupft oder kariert. Wenn Du sie hören willst ..."

„Wenn's denn sein muss ..."

Der Abgesandte schluckt, räuspert sich, fährt sich mit der Pfote über die Ohren und legt los:

„Zehn Gebote für Katzen:

1) Der Kater ist wesentlicher als die Katze. Drum ist er der Herr im Haus.

„Auch in meinem Haus?"

„Dort erst recht. Dort haben seit jeher nur Kater das Sagen. Die Katzen dürfen dafür putzen, und dienen und alles nett herrichten. Sie sind für Sachen zuständig, die man einem besonderen, geweihten und glänzenden Kater nicht zumuten kann. Der ist für die höheren Dinge da. Ich fahre fort:

2) Die Katze hat dem Kater, ohne rumzumaunzen, immer zu gehorchen. Es ist strengstens verboten, den Kater zu hauen, ihn einen Schlappschwanz zu nennen oder sonst etwas Despektierliches über ihn zu sagen. Spricht der Kater, hält die Katze die Schnauze. Oder sie sagt: Ja, mein hoher Kater!

3) Die Pflicht und die Bestimmung der Katze liegt darin, möglichst viele Käterchen zu kriegen. Sich dem Kater gleichstellen zu wollen, zeugt von Größenwahn und ist eindeutig wider die Natur der Katze.

4) Zuerst frisst immer der Kater. Die Katze kriegt, was übrigbleibt. Frisst sie mehr, wird sie zu dick.

„Und wenn der Kater zu viel frisst?"

„Dann spricht man von einer stattlichen Erscheinung.

5.) Der Kater singt grundsätzlich schöner, klettert schneller, hat den prächtigeren Schnurrbart und fängt mehr und größere Mäuse als die Katze."

„So? Ihr Kater seid bekanntlich eher für Dosenmaus."

„Das ist nix als ehrabschneiderische Verleumdung von Katzenseite. Aber bitte keine Unterbrechung mehr, sonst verlier ich den Faden!

6) Als Katze schaut man immer von unten nach oben zum Kater auf.

7) Will der Kater ins Körbchen, hat die Katze dieses freiwillig und freudig zu räumen. Was auch für Sessel, Sofa, Kissen und Schaukelstuhl gilt. Ruht der Kater, geht die Katze auf Pfotenspitzen.

8) Wenn dem Kater drum ist, hat sie sich freudig zu ihm ins Körbchen zu legen und ihn zu umgirren. Das gilt besonders für die Kätzelchen. Kätzelchen sind gut für Kater und deshalb überaus beliebt und begehrt, und sie können von den Katern was fürs Leben lernen. Dazu müssen sie unter Anleitung des Katers freudig und fest üben.

9) Tut dem Kater was weh, hat die Katze ihn zu bedauern. Sie hat dreimal hintereinander zu sagen: Ach, du armer Kater! Und ihn mit der Pfote zu streicheln. Und zwar sanft.

10) Im übrigen gilt der Satz, der schon immer gegolten hat und immer gelten wird: Alles für den Kater!

Das wär's. Mehr als zehn Gebote können die sich ja doch nicht merken."

„Und was meinen die Katzen zu diesen zehn Geboten?"

„Sie meinen - ich bring's fast nicht raus -, also sie meinen, die gehören uns um die Ohren gehauen. Und Du? Was sagst Du dazu?"

„Ich sag nur: Donnerwetter!"

In der Ferne leichtes Grollen und Wetterleuchten. Am Himmel ziehen unfreundliche dunkle Wolken auf.

Der Abgesandte fasst sich ein Herz. „Tut mir leid, aber ich muss es einfach sagen: Wir Kater sind sehr unzufrieden mit Dir. Und wir finden, es ist an der Zeit, dass Du Dich auf Deinen Gotteskaterhintern setzt und die Katzen noch mal machst, aber diesmal bitte richtig. Wir verlangen eine katergerechte Katze. Und damit miau und Amen!"

Keine Antwort.

„Sag doch was!"

Das Grollen kommt näher. Dichter, dunkler, böser und drohender gucken die Wolken.

Und dann ...

Der große Gotteskater hat offensichtlich eine Menge zu sagen. Er ist gut bei Stimme, sein Ton nicht besonders liebenswürdig. Und das ist noch dezent ausgedrückt. Zur Bekräftigung schickt er auch noch einen seiner Katzengel, der für einen Platzregen allererster Güte sorgt.

Einmal legt der Abgesandte die Pfote hinters linke Ohr, um besser hören zu können, dann hält er sich mit beiden Pfoten die Ohren zu, klettert schließlich vom Baum herunter, vielmehr, er plumpst herunter, die Erde hat ihn wieder und ruft zaghaft hinauf: „Ich bin dann mal weg!" Trottet triefend und klatschnass mit hängendem Kopf und eingezogenem Schwanz davon ...

Der Komödie dritter Teil

Vom unaufhaltsamen Aufstieg des halben *Volks. Großes Katerheulen. Die Geschichte von Katz und Maus, und wie die Maus um das Gefressenwerden doch noch herumkommen könnte. Diesmal Hilfe von oben. Amen und ein kräftiges Halleluja!*

Die Stimmung im Saal knistert vor Spannung. Gut geschmaust, gut verdaut, gut genickert, hocken die würdigen Kater erwartungsvoll aufgerichtet im Körbchen und harren der Dinge, die da kommen.

Es kommt der Abgesandte, aber nicht festen Schrittes und erhobenen Hauptes, nein, er schleicht krummgebuckelt daher, sich immer wieder umschauend, als sei ihm der Böse auf den Fersen. Erst im Saal gibt er sich einen Ruck, richtet er sich auf und guckt siegesgewiss.

Der Heilige Katervater, ihn heranwinkend: „War Er da, mein Sohn?"

„Und wie Er da war!"

„Aber warum triefst du so?"

„Weil es so heiß war, hab ich Ihn um eine kleine, erfrischende Abkühlung gebeten. Er lässt ja mit sich reden."

„Du hast also mit Ihm gesprochen?"

„Hab ihm ordentlich Bescheid gesagt. Er war ganz geknickt, hat alles eingesehen und lässt sich entschuldigen. Im Augenblick sei aber trotz Allmächtigkeit leider nix zu machen, nicht mal für Ihn als Großen Katergott. Weil es so viele Katzen gibt, die wachsen auch Ihm übern Kopf. Aber Er will drüber nachdenken. Vielleicht schickt Er wieder mal eine Sintflut oder Er schmeißt einen Meteor runter, lässt ein Erdbeben los oder heizt ein paar Vulkanen ein. Dann ist alles hin, und bei der nächsten Schöpfung will Er in seine Gotteskaterpfoten spucken und neue, bessere Katzen machen, solche, wie wir es Ihm vorschlagen, wofür Er arg dankbar ist. Weil Er gar nicht mitgekriegt hat, dass die so außer Rand und Band sind."

Allgemeiner Jubel, zustimmendes Schwanzgeklopfe und Vorfreude auf die neue, den Bedürfnissen der Kater angepasste Katze. Auf einen Wink des Heiligen Katervaters hängt der Oberste Glaubenskater ihm einen Orden um. *Die goldene Kralle.* Ein neues Körbchen (ganz vorne, lila, sechs goldfarbene Bommel, dazu noch drei lila Troddel), kriegt er auch.

Doch dann kommt einer drauf (zwei Bommel, äußerst distinguiert, weiße Socken an den Hinterpfoten), dass im Fall einer Sintflut man von der neuen und besseren Katze nix hätte, weil dann ja auch die Kater hin seien. Abgesoffen, um es ganz deutlich zu sagen. Was man als Kater doch nicht gutheißen könne. Die Sintflut müsse man Ihm unbedingt wieder ausreden, Er solle sich bitte etwas Katerschonenderes überlegen.

Heftig grollender Donner von ganz nah. Aus dunkler Wolke dringt, mächtig wie eine Posaune, die göttliche Stimme und lässt die Fenster scheppern:

„Jetzt reicht's! Du sollst nicht lügen! Das ist das fünfte Gebot. Aber meins! Schreib dir's - und das gilt auch für euch alle - hinter die Ohren!"

Allgemeines Zusammenzucken, auch des Katzenbeauftragten, der gerade wachgedonnert worden ist.

Der Heilige Katervater, erschrocken: „War Er das? Du hast geschwindelt, mein Sohn!"

Der Gerüffelte, kleinlaut: „Ich hab doch erklärt, dass ich nicht schwindelfrei bin."

„Aber was hat Er nun wirklich gesagt?"

„Also Er hat gesagt - Er meint - Er behauptet und besteht darauf, Er sei nicht nur der Gott der Kater, sondern auch der Katzen."

Die Kater: „Hört, hört!"

„Und Er sagt, die Katze als solche sei genau so wesentlich wie der Kater, und es gebe jede Menge Katzen, die seien wahrscheinlich noch wesentlicher. Und er sagt, dass wir Kater gar nicht so toll glänzten, wir machten uns da was vor. Und dass wir uns jetzt mal anstellen sollten."

„Anstellen? Wo?"

„Hinten. Und noch ein paar andere Sachen hat Er gesagt. Sehr desillusionierende. Und unsere Katerhymmne - ich hab Ihn gefragt, ob Er das Fidirallala singen tät, aber Er hat nicht gewollt - gefällt Ihm überhaupt nicht. Von Musik scheint er nicht viel zu verstehen. Und dann war Er ..."

„Was war Er dann?"

„Weg."

„Typisch!" (Drei Bommel, kratzt sich ständig, vermutlich Flöh). „Immer wenn man Ihn braucht, verdrückt Er sich."

Der Donner donnert, der Blitz blitzt - beides hat Gottkater vom Kollegen Zeuskater ausgeliehen, der, Nektar und Ambrosia schlürfend, auf seinem Olymp hockt und amüsiert zuguckt. Ärger mit Katzen - für die er aber eine Schwäche hat, Junokatze, seine Gattin, weiß ein Lied davon zu singen - kennt auch er.

Alle ducken sich tiefer ins Körbchen.

„Komische Ansichten hat Er über Katzen, mit denen man als Kater überhaupt nicht einverstanden sein kann. Und so was ist nun der Große Gott der Kater!"

Wie gehabt, nur alles ein bisschen lauter, näher, bedrohlicher: Donner, Blitz, Wetterleuchten, tiefschwarze Wolken, Sturm im Anzug ...

„Schon gut, auch der Katzen, wenn's denn unbedingt sein muss. Er sagt, eine Katze muss gar nicht zu einem Kater aufschauen."

Ein imposanter mächtiger Kater (schottisches Hängeohr, drei Bommel): „Meine sieht das auch so, die ist viel kleiner als ich, aber sie schaut trotzdem auf mich herunter."

„Und Er sagt, die Katze soll genau so laut schnurren dürfen."

„Wer es fassen kann, der fasse es!"

„Und wenn ihm was wehtut, muss sie nicht dreimal sagen: Ach, du armer Kater! Einmal reicht!"

Die göttliche Stimme: „Keinmal reicht auch."

Den Katern fehlen die Worte.

„Und sie muss nicht auf leisen Pfoten herumlaufen, wenn der Kater ruht."

Der Saal stöhnt auf.

„Und sie muss nicht ein Kätzchen nach dem andern kriegen. Und wenn sie nicht will, muss sie nicht in sein Körbchen kommen. Und sie muss den Kater nicht umgirren, wenn er umgirrt werden möchte. Und wenn er ohne zu fragen in ihr Körbchen steigt, darf sie ihn rausschmeißen. Und ihm eine fetzen."

„Fetzen? Ihm? Dem Kater?"

„Und gehorchen muss sie auch nicht."

„Das kann nicht Sein Ernst sein."

„Und sie darf schneller klettern als der Kater."

„Schneller?"

„Ja, und noch höher."

Was die Höh ist. Allgemeine Empörung.

„Und sie muss nicht vom Sessel runter, wenn der Kater hinauf will."

„Muss sie nicht?"

„Nein. Und sie darf sogar größere Mäuse fangen."

„Das tut meine sowieso. (Ein Bommel, leichter Silberblick). Keine Ahnung, wie sie das macht, aber sie kriegt sie immer."

Der Oberste Glaubenskater: „Vielleicht will eine von ihnen - der Appetit kommt beim Essen, wie man sagt - eines nicht allzu fernen schrecklichen Tages" - seine zitternde Pfote deutet auf das Körbchen des Heiligen Katervaters - „wie diese Katze, die ihren Hals nicht voll genug kriegen konnte, wie heißt die doch gleich wieder?"

Stimme von ganz hinten (Langhaar mit Querstreifen): „Das war Emmakatze, die Frau von dem Fischerkater, der den Butt gefangen hat. Die wollte auch Heiliger Katervater werden."

Zwischenruf des schon mehrmals erwähnten, sympathischen gebildeten Katers, der's nicht lassen kann, wohl wissend, was immer er sage, es sei den Mäusen gepfiffen: „Unsinn, das war sine Fru, die Ilsebillkatze! Und man sagt nicht ‚die Frau von dem Fischerkater', man sagt höchstens ‚die Fru des Fischerkaters' - oder ‚Fischerkaters Fru.' Genitiv, verdammt nochmal!"

Mehr als der Aufstand der Katzen regt ihn die zunehmend verluderte Sprache seiner Mitbrüder auf.

Dem Heiligen Katervater sind Ilsebillkatze und verdammtnochmale Genitive wurscht. Er geht in Deckung, klammert sich fest an sein Körbchen, und alle andern Kater klammern auch. My Körbchen is my castle.

Aber eine Frage steht noch im Raum, brisant und von höchstem allgemeinem Interesse. Keiner hat sich bisher getraut, sie zu stellen. Sie schaut sich um, grinst süffissant, steht und wechselt ungeduldig vom Spielbein aufs Standbein, wie die schönen antiken Katerstatuen. „Na?" fragt die Frage, „wer wagt's?"

Die Kater stuppsen sich gegenseitig an.

„Sag du's!"

„Nein, du!"

„Wieso gerade ich?"

„Ich hab doch nur ein einziges Mal ..."

„Und ich nur ein ganz kleines bisschen ..."

„Ich wollt ja nicht, aber dann ist's halt passiert."

„Bin aber gar nicht schuld ..."-

„Ist sowieso verjährt."

Schließlich rafft sich ein älterer Kater auf (sechs Bommel, elegantes, gepflegtes, geradezu glamouröses Äußeres): „Und was ist mit den Schätzelchen, den Kätzelchen?"

Stille. Ein Blatt fällt von Michelkaters paradiesischem Apfelbaum - jeder kann's hören.

„Also mit den Kätzelchen ..."

Alle halten den Atem an. Ein Kater (sechs Bommel, lila Körbchen) kriegt keine Luft mehr und fällt um.

„Mit den Kätzelchen und Schätzelchen ist ..."

„Ist was?"

„Schluss. Aus und vorbei. Ende. Fini."

Das sitzt.

Das muss man erst mal verdauen.

Das geht an die Substanz.

Der umgefallene Kater wird beatmet und rappelt sich wieder auf.

Einer- er war mal ein berühmter Sänger - klagt leise vor sich hin:

Ach, wir haben sie verloren,
die Kätzelchen!
Unser Glück ist nun dahin,
die Schätzelchen!"

Wehmütig stimmen die anderen Kater ein:

„Wär'n, ach wär'n wir nie geboren!
Weh, dass wir auf Erden sind!
A-hauf E-her-de-hen sind!"

„Fidirallela!"

brüllt ein kleiner, den Ernst der Lage nicht erfasst habender Kater (ganz hinten, kein Bommel):

„Fidiralla la!
Fidi ..."

„Halt's Maul!" brüllt ein anderer, das Fidirallala sei in diesem Fall nun wirklich nicht am Platz und könnte Ihn noch mehr vergrätzen, als Er eh schon ist.

Ein würdiger Kater (fünf Bommel, sabbert, haart stark): „Vielleicht macht Er nur Spaß. Vielleicht hat Er's nicht so gemeint."

Die Stimme dröhnt: „Doch, genau so meint Er's."

„Aber", so der oberste Glaubenskater zutiefst bestürzt zum Abgesandten, „ist denn nicht mehr alles für den Kater?"

„Nein, sagt Er. Die Hälfte sei mehr als genug."

„Du hast dich bestimmt verhört."

„Hab ich nicht."

„Er meint also wirklich, die Katze müsse dem Kater nicht mehr untertan sein?"

„So ist es."

„Wenigstens noch ein ganz kleines bisschen untertan?"

„Nicht das allerkleinste bisschen."

„Vielleicht - jeden dritten Tag?"

„An keinem einzigen Tag."

„Aber doch - sonntags!"

„Sonntags nie."

Schweigen. Das Schweigen der Kater. Es ist bedrückend. Deprimierend. Keine Hoffnung mehr. Nirgends. Sie ist gestorben, die Hoffnung. Ist maustot. Da schwimmen sie nun dahin, die glänzenden, höherwertigen, ganz besonderen Katerfelle ...

Dann spricht einer es aus (Europäisches Kurzhaar, keine Reißzähne mehr, dunkler Nasenfleck, drei Bommel): „Das, meine Brüder, ist das Ende der Katerherrschaft."

Ein anderer: „Das Ende vom Lied."

Ein dritter: „Das Ende vom Lied vom edlen, tapferen, unübertrefflichen, erhabenen Kater."

Die göttliche Stimme: „Ganz recht." Und dann sagt sie, was ein nicht unbekannter alter Kater mal geäußert hat: „Isch over!"

„Aber es ist doch sooooo schön!" (alter Perser, sechs Bommel, tränende Augen). „Dürfen wir es bitte noch einmal, zum Abschied, als Henkerslied, sozusagen - auch das Fidirallala?"

„Na gut, aber dann reicht's!"

Die Kater in ihren Körbchen nehmen Haltung an. Fahren sich mit der abgeschleckten Pfote übers Fell. Legen den Schwanz akkurat um sich herum. Räuspern sich. Der Vorsänger gibt den Ton an. Hebt die Pfote. Und nun erklingt das Lied zum allerletzten Mal, und jedem, der es hört - hoffentlich auch der Leserin und dem Leser -, dringt es in die Tiefe des Herzens:

Vorsänger, bewegt:

**„Zum Herrschen erkoren,
zum Kämpfen bestellt,
zum Raufen geboren,
gefällt uns die Welt."**

Donner, Blitz und Wetterleuchten ...

Vorsänger, das Genick einziehend:

„Schon gut: gefiel uns die Welt."

Chor, in wehmütigem Moll:

**„Fidirallala, fidirallala,
fidiralla lala la!"**

Vorsänger, mit zitternder Stimme:

**„So stolz und so edel,
vom Kopf bis zum Wedel.
Ohn Fehl und ohn Tadel,
voll Kraft und voll Adel."**

Chor, aufschluchzend:

**„Fidirallala, fidirallala,
fidiralla lala la!"**

Die Stimme des Vorsängers bricht:

**„Ihr herrlichen Kater,
wer je euch gesehn,
der muss nun klagen:**

es war doch so schön!"

Chor, ersterbend:

**„Fidirallala,
fidirallala,
fidiralla
lala
la!"**

Das letzte, beseelte, dahingehauchte, immer leisere ‚la' schwebt noch lange im Raum, dann verhallt es ...

Die Kater fallen sich in die Pfoten.

Der Heilige Katervater, sich aufraffend: „Und nun, geliebte Brüder, lasset uns heulen!"

Sie heulen. Kater sind ja geborene Heuler.

Der Oberste Glaubenskater zu Ihm: „Was die Katzen angeht - Du hast gut reden. Du kennst die nicht. Wir aber schon. Katzen werden leicht zu Hyänen. Wer gegen Kater aufsteht, gegen ihre katergottgewollte Überlegenheit, Erwähltheit und Besonderheit, der will auch keinen Katergott. Da wirst Du ein blaues Wunder erleben." Er hebt die Stimme:

**„Die spinnen, die Katzen!
Sie kratzen,
haun Dich mit Tatzen,
machen Dich platt,
setzen Dich ab!**

Dann kannst Du gucken, wo Du bleibst."

Chor der Kater:

„Weißt du, wo Gottkater ist?
Wo ist Er geblieben?
Wer soll das je verstehn,
wer soll das je verstehn!"

Göttliche Stimme: „Zum x-ten Mal: Ich bin kein Gott nur für Kater, Herrgottzack! Da kann man sich ja den Mund fusslig reden. Kriegt ihr das nicht endlich in eure Möckel? Ich bin für Katzen und für Kater da. Ihr habt mich nach eurem Bild gemacht. Weil ihr euch so toll findet, muss auch ich einer sein, was anderes könnt ihr euch nicht vorstellen mit eurem beschränkten Katerverstand. Hab ich's nicht immer wieder gesagt:

Ihr sollt euch kein Bildnis machen.

Ich bin, der ich bin.

Ich bin, die ich bin.

Ich bin, was immer ich bin."

Dann, wie der Kollege Manitou: „Ich habe gesprochen! Howgh!" Ganz ohne Humor ist Er nun doch nicht.

Der Heilige Katervater, nachdem er sich etwas erholt hat: „Mir dämmert, geliebte Brüder, irgendwie müssen wir Ihn von Anfang an falsch verstanden haben."

Der Oberste Glaubenskater, bissig: „An uns liegt's nicht. An Ihm liegt's. Er macht es einem nun aber auch wirklich nicht leicht. Manchmal donnert Er, manchmal säuselt Er wie der Wind, und manchmal nuschelt Er auch. Hab ich nicht recht?"

Alle Kater unisono: „Jawohl, Er nuschelt! Und wie Er nuschelt! Er drückt sich wirklich nicht ganz klar aus."

Die Stimme, grollend: „Ich drück mich immer klar aus! Es liegt an euren Ohren. Wer Ohren zum Hören hat, der höre!"

Auch der Donner donnert unmissverständlich. Eindeutig bebt die Erde. Und nun wackeln auch noch ganz klar die Wände.

Der Heilige Katervater, ratlos: „Und was machen wir nun, geliebte Brüder?"

Einer von ganz hinten (ein Bommel, Fell huddelig und knuddelig): „Vielleicht gibt's irgendwo eine andere Welt, eine, in der Er nix zu sagen hat, vielleicht weiter weg in der Milchstraße."

Einer von ganz vorne (sechs Bommel, Knickerbockerhosen an den Hinterbeinen): „Oder man schleicht durch ein Wurmloch, und wenn man rauskommt, ist man in einer besseren, gotteskaterlosen Welt." Woher er das wisse? Na, von einem Fachbohrwurm, der kenne sich aus mit Löchern, bohre er doch eins nach dem andern.

Einer aus der Mitte (drei Bommel, Dickschädel, wuschelig) hoffnungsvoll: „Vielleicht wird Er bald pensioniert. Oder Er stirbt mal, Er ist ja auch nicht mehr der Jüngste."

„Jawoll!" brüllt einer, „aus die Maus! - Ich mein, die Gotteskatermaus!"

„Und dann machen wir uns selber einen. (Fell gestromt, mit Kahlstellen, vier Bommel). Bazzeln ihn uns zusammen, Dreck gibt's ja genug. Einen mit mehr Katerverstand. Den schnaufen wir ihm in die Naslöcher. So hat Er's ja auch mit uns gemacht, damals, bei der ersten Schöpferei. Immer feste schnaufen, dann wird's!"

„Und alle Katzen lernen dann die Zehn Gebote - nein, nicht Seine, unsere - auswendig, und zwar freiwillig." (Schwanz mit Knick, zwei Bommel).

„Schließlich sind sie das Gehorchen und Schnauzehalten gewohnt." (Fünf Bommel, weit auseinanderstehende Ohren).

„Und dann wird alles wieder, wie's war. Erlaubt ist, was gefällt." (Ein Bommel, schwarz, Schwanzspitze mit weißem Tüpfel).

Die Stimmung hellt auf. Da ist ein Licht am Ende des Tunnels. Auch der Katzenbeauftragte sieht sie wiederkommen, die guten alten Zeiten, in denen brave Katzen, wie in diesem schönen Traum fromme Weisen singen und erhabene Kater freudig ihr Lied vom tapferen, edlen, unübertrefflichen

Kater schmettern werden mit einen donnernden Fidirallala ...

„Und erlaubt ist, was uns Katern gefällt. Und wie es uns gefällt." (Ohne Bommel, europäische Kurznase).

Der Oberste Glaubenskater: „Und wir regiern für immer und ewig! Wie der große Händelkater in weiser Voraussicht schon mal komponiert hat. Und jetzt alle zusammen!"

Chor der Kater, triumphierend:

„Für immer und ewig.
Halleluja, halleluja!
Hal-le-he-lu-ja!!!"

Draußen der Gegenchor der Katzen:

„Wir haben es satt!
Nun muss es sich wenden,
das Blatt!"

Stimme von oben: „Wird auch Zeit."

Krachender Donner, aus schwarzer Wolke zickzackt ein Blitz. Die Erde bebt, es wackeln die Körbchen, es zittern die Bommel, leise rieselt Verputz von den Wänden.

Der Triumph weicht erneutem Katerjammer. Furchtsam aufgeplusterte Schwänze. Heulen und Zähneklappern.

Die Schweizerkater scharen sich mit geschärften Krallen todesmutig um das Körbchen des Heiligen Katervaters, ihr letztes Stündlein, es scheint gekommen.

Er habe gehört, so einer von ihnen, wenn sie dann als Märtyrerkater im Paradies ankämen, kriege jeder zur Belohnung sechzig jungfräuliche Kätzelchen.

„Nöt mir, du Esel, des gilt nur für Muslbüsi. Mir gönt leer us."

(„Nicht für uns, du Esel, das gilt nur für muslimische Kater. Wir gehen leer aus.")

Jedoch: Fürs Konvertieren zum äußerst katerfreundlichen Muslglauben ist's leider zu spät.

Draußen: „Zieht euch warm an, ihr Kater! Wir kommen!"

Ein Schweizerkater (umgeklapptes Ohr) stürzt zum Fenster: „Einige hocke scho in de Bäum und gaffe inne. Und wie die gaffe! Gar nit nett!"

(„Ein paar hocken schon in den Bäumen und gucken herein. Und wie die gucken! Gar nicht lieb.")

Der Heilige Katervater erwägt das Hissen einer weißen Fahne. Falls man gerade keine dahabe, könne auch ein Kater seinen Schwanz zum Fenster heraushängen - der müsse aber weiß sein.

Da komme, so der Oberste Glaubenskater, nur der Heilige Katervaterschwanz selbst in Frage. Worauf dieser seinen Vorschlag zurückzieht, solches verbiete die Würde des Amtes.

Der Schweizerkater: „Einige wetze die Kralle und springe ufs Dach!" ...

(„Ein paar wetzen die Krallen und springen aufs Dach!")

Der Oberste Glaubenskater sucht fieberhaft in den Schriften berühmter Kirchenväterkäter - er hat sie alle im Kopf - nach ein paar netten, lobenden Worten über Kätzinnen, mit denen er diese erstmal besänftigen könnte, findet aber keine und verwünscht die heiligen Überkäterväter.

Die feindliche Übernahme scheint nicht mehr aufzuhalten.

Nur der gebildete alte Kater hockt in seinem Körbchen und hat die Ruh weg, außer Sprachschlamperei kann ihn schon lange nichts mehr aus der Fassung bringen. Es gebe da, sagt er, diese Geschichte von der Maus, die zwischen immer enger werdenden Mauern auf eine im Ziel lauernde Katze zurenne, was ihr große Angst mache. „Weißt du, Bruder, was die Katze ihr zuruft?"

Nein, das weiß der Oberste Glaubenskater nicht. Sein literarisches Interesse ist begrenzt, er kennt nur die Geschichten der heiligen Überkäterväter, andere hält er für neumodisches Zeug und für kropfüberflüssig. Was die Katze der Maus zuruft, will er gar nicht wissen.

„Ich sag's dir trotzdem: „'Du musst nur die Laufrichtung ändern', sagt die Katze."

„Und? Hat die Maus sie geändert?"

„Nein, hat sie nicht. Sie ist einfach weitergerannt."

„Und dann?"

„Hat die Katz sie gefressen."

„Geschieht ihr recht. Wer so blöd ist wie diese Maus, zu blöd, umzukehren, so lange es noch geht ..."

„Die blöde Maus", so der weise alte, lebenskluge Kater, der mehr Geschichten kennt als nur die der heiligen Überväterkäter, „sind wir, ehrwürdiger Bruder."

Das sitzt. Der Oberste Glaubenskater kratzt sich hinterm rechten Ohr. Solange, bis ihm etwas aufgeht:

„Aber wer ist dann diese Katze, die die Maus - also uns - fressen wird, wenn wir nicht umkehren?"

„Die Zeit, hochwürdiger Bruder. Die gewinnt immer."

Erneutes Ohrenkratzen, diesmal links. Dann: „Vielleicht frisst sie uns nur ein bisschen?"

„Die Zeit macht keine halben Sachen. Sie frisst uns ganz. Bis auf den Schwanz, der bleibt übrig."

„Aber der ist doch das Beste!"

„Den hängt sie sich um den Hals. Als Trophäe."

Der Oberste Glaubenskater sieht die Zeit vor sich, ihren Hals schmückt, was von ihm übriggeblieben ist: sein Schwanz.

Das ist ihm nun gar nicht recht.

Der Schweizerkater mit dem umgeklappten Ohr: „Und jetzt - o verreck! - do isch ä Leiter. Ä Stägge. Sie stiege uff, eini nach der andere. Wer Pfote hat, söll laufe, grad sind sie da!"

(„Und jetzt - o verreck! - da ist eine Leiter. Eine Katzentreppe. Sie klettern herauf, eine nach der andern. Wer Pfoten hat zum Laufen, der laufe, gleich sind sie da ...")

In diesem speziellen Fall, so der Oberste Glaubenskater - in der späten Erkenntnis, es sei vielleicht von Vorteil, auch ein paar andere Geschichten zu kennen als nur die der ehrwürdigen Überkäterväter-, in diesem Fall könne man ja versuchen, die Laufrichtung zu ändern. Wenigstens probehalter.

Aber ohne die Wörtchen ‚probehalber' und ‚vielleicht', meint der alte Kater. „Einfach umkehren. So lange es noch geht und die Mauern nicht zu eng geworden sind."

Er knickt die Pfoten um und macht Müffchen.

Der noch unwürdige Kater im Blumentopf schnurrt erwartungsvoll und putzt sich. Sieht er doch andere, katzenfreundlichere Zeiten am Horizont heraufdämmern.

Da sind sie. Im Fenster erscheint der Kopf einer funkeläugigen Katze. Sie faucht eim bisschen, hebt die Pfote. Ein anderer Schweizerkater (verstüm-

meltes Ohr, Raufbold) versucht, die Leiter wegzu-
stoßen, die gefährlich wackelt. Die Katze kann sich
nicht mehr halten, sie maunzt, gleich wird sie fallen ...

‚Und doch ist einer, welcher dieses Fallen unend-
lich sanft in seinen Pfoten hält ...' hofft der alte gebildete Kater, er hat für jede Situation einen Spruch
parat. Leserin und Leser hoffen es - hoffentlich -
auch.

Und nicht umsonst. Aus dunkler Wolke dringt
eine große, göttliche Pfote. „Komm, komm, geliebte
Katze, komm, komm, reich mir deine Tatze!"

Sie greift nach der kleinen Pfote, hält sie warm
und fest in der ihren.

Zeitfracht Medien GmbH
Ferdinand-Jühlke-Straße 7
99095 Erfurt, Deutschland
produktsicherheit@kolibri360.de